무림오적 62

초판 1쇄 발행 2024년 1월 18일

지은이 ㅣ 백야
발행인 ㅣ 최원영
편집장 ㅣ 이호준
편집디자인 ㅣ 한방울
영업 ㅣ 김민원 조은걸

펴낸곳 ㅣ ㈜디앤씨미디어
등록 ㅣ 2002년 4월 25일 제20-260호
주소 ㅣ 서울시 구로구 디지털로 26길 111 JnK디지털타워 503호
전화 ㅣ 02-333-2513(대표)
팩시밀리 ㅣ 02-333-2514
E-mail ㅣ papy_dnc@dncmedia.co.kr
블로그 ㅣ blog.naver.com/gnpdl7

ISBN 978-89-267-2421-7 04810
ISBN 978-89-267-3458-2 (SET)

※ 저자와 협의하여 인지는 붙이지 않습니다.
※ 이 책은 ㈜디앤씨미디어(파피루스)가 저작권자와의 계약에 따라 발행한 것으로 본사와 저자의 허락 없이는 어떠한 형태나 수단으로도 내용을 이용할 수 없습니다.

1장 국휼고명(國恤顧命) 7

2장 제이(第二)의 사선행자(死線行者) 43

3장 여기 있다, 증거(證據) 77

4장 가장 완벽한 거짓말 113

5장 잠자는 동안 147

6장 북경지부(北京支部) 185

7장 첫 경험 207

8장 애송이 231

9장 한밤중의 여인들 255

10장 그녀는 누굴까요? 279

1장.
국휼고명(國恤顧命)

식은 차를 마시던 설벽린은
아무래도 안 되겠다는 듯 창고로 가서 죽엽청을 꺼내 왔다.
장예추도 얼른 잔을 받았고, 고봉 진인도 연거푸 석 잔의 술을 마셨다.
심지어 담우천 역시 설벽린이 권하는 술을 마다하지 않았다.
어쩌면 너무나도 당연한 일이리라.
어찌 되었든, 무슨 의도였든 결국 그들은 황후와 황제를 모두 죽인
사상 최초의 암살자들이었으니까.

국휼고명(國恤顧命)

1. 회광반조(廻光反照)

 자세히 들여다보면 황제가 앉아서 집무를 하는 정식 태사의(太師椅)와는 사뭇 달랐다. 마치 침상을 뚝딱뚝딱 고치고 접어서 반쯤 몸을 일으켜 앉게 만든 와탑(臥榻)처럼 보였다.
 그 와탑에 당금 이 대륙의 주인이자, 천자의 아들인 황제가 누워 있었다.
 비록 얇은 비단으로 만든 이불을 덮고 있기는 했지만, 침상의 모기장을 그대로 가지고 온 듯한 불투명한 문장(蚊帳)으로 전신이 가려져 있었지만, 그래도 그 목소리는 누구나 알 수 있었다.

살짝 끝이 갈라지는 듯한, 하지만 근엄하고 무거워서 음성만으로 천하를 굴종(屈從)시킬 수 있는 특유의 목소리. 그건 확실히 황제의 목소리였다.

"고개를 들라."

　황제의 목소리가 조용한 광장 위를 흐르는 순간, 광장을 가득 메운 만조백관이 감격해하며 저도 모르게 소리 높여 외쳤다.

"오황(吾皇) 만세만세(萬歲萬歲) 만만세(萬萬歲)!"

　그들은 마치 약속이라도 한 듯 똑같은 아홉 글자를 일제히 복창하면서 더욱더 깊게 허리를 숙이고 고개를 조아렸다.

　그것만 봐도 당대의 황제가 문무백관들에게 얼마나 많은 존경과 신뢰와 경의를 받는지 알 수 있었다.

　그건 소부 곽우중도 마찬가지였다.

　그는 믿을 수 없다는 듯이 눈을 부릅뜨면서도 저도 모르게 다른 신하들과 마찬가지로 "오황 만세만세 만만세!"라고 외치며 허리를 숙였다.

　오황(吾皇)은 곧 나의 황제라는 뜻이었다. 신하가 황제를 칭할 때 사용하는, 가장 경외하고 존중하며 복종하겠다는 의미를 담은 호칭이었다.

'이럴 수가!'

　곽우중은 고개를 숙인 채 이를 악물었다.

믿어지지 않았다. 믿을 수가 없었다.

실패한 것이다. 지난 몇 년 동안 계획했고 진행했던 거사가 실패한 것이었다. 경천회를 이용하여 천하를 손에 넣겠다는 자신의 야망이 송두리째 무너져 내린 것이었다.

'태극천라강시라 하지 않았더냐! 그 어떤 것으로도 죽일 수 없고 파괴할 수 없는 불멸(不滅)의 강시라 하지 않았더냐! 그 삼황자 주건의 강시를 이용하여 황제를 살해한 다음, 새롭게 황태자를 선출하는 동안 황후가 섭정하기로 했던 그 모든 계획은 도대체 어찌 된 것이냐!'

곽우중은 속으로 외치고 또 외쳤다.

황태자라는 이름보다 앞서는 게 황제의 유언(遺言)이었다. 기존에 황태자가 정해져 있다 하더라도 황제가 죽으면서 갑자기 마음을 바꿔 다른 황자(皇子)를 차기 황제로 지목하는 유언을 낸다면, 결국 황태자는 그 자리에서 내려와야 했고 새로 지목된 황자가 차기 황제가 되었다.

이렇게 황제가 유언을 하여 황위 계승자를 정하는 절차를 따로 국휼고명(國恤顧命)이라 했다.

그리고 당연히 그 중대함에 비춰서 황제가 임종할 때는 태의원의 원사를 비롯하여, 황제의 유언을 증명해 줄 사람들이 반드시 그 곁에 머물러 있어야 했다.

하지만 주건에 의해 유언을 남기지 못한 채 목숨을 잃

게 된다면, 그때 황후는 황제의 유언이 없다는 이유를 들어 황태자의 차기 황제 즉위를 저지할 수가 있었다.

결국 조정에서 회의를 열고 새롭게 황태자를 선출해야 하는지 의견을 나누고 토론을 거쳐 투표로 정하게 될 것이고, 당연히 다수파의 수장인 소부 곽우중의 의중에 따라 결과가 정해질 것이었다.

다시 말해서 곽우중은 누구를 차기 황제로 옹립할 것인가 하는 결정권을 쥐고 있었다. 즉, 곽우중의 마음에 들어야만 차기 황제가 되는 셈이었다.

당연히 모든 황자들이 그에게 좋은 조건을 내걸 게 분명했고, 곽우중은 자신이 이인자가 되어 가장 조종하기 쉬운 인물을 황제로 옹립할 수가 있었다.

'그렇게만 된다면 천하는 내 것이 되는 건데!'

곽우중은 이를 악물었다.

어디서부터 이 완벽하게 계획되었던 일들이 어긋나기 시작한 것이었을까.

황태자의 차기 황제 즉위를 제지할, 그리고 한동안 황제의 빈자리를 대신하여 조정을 섭정하며 마음껏 그 권력을 누리려 했던 황후가 암살당한 것?

불멸의 강시라면서 세상 그 누구도 절대 멈추게 할 수 없다던 주건의 강시가 그 모습을 감춘 것?

아니다. 그 이전이었다. 이렇게 일이 어긋나게 된 것은.

곽우중은 저도 모르게 눈을 치켜뜨면서 계단 위, 건청궁 입구 쪽을 노려보았다.

교자꾼처럼 태사의를 멘 네 명의 사내. 그중 선두에 서 있는 멧돼지처럼 생긴 작자. 바로 저 개자식이 나타나면서 이 모든 일이 헝클어지고 어긋나 버린 것이었다.

'강만리.'

곽우중은 이를 갈며 그 석 자 이름을 되뇌었다.

그때, 황제의 목소리가 다시 들려왔다.

"짐은 곧 죽는다."

한때는 사자처럼 늠름하고 위엄이 넘치며 세상 모든 것을 지배하던 위대한 자였으나, 이제는 바람 앞의 촛불처럼 곧 죽음을 맞이하게 된 병약한 늙은이가 된 황제는 그렇게 말문을 뗐다.

하지만 회광반조(廻光反照)였을까. 황제의 음성은 비록 약하고 느릿했으나 발음은 또렷했고, 그 만인(萬人)의 가슴에 파고드는 깊은 울림 또한 여전해서 광장에 모인 백관의 귀에 정확하게 전해졌다.

"짐은 곧 죽는다."

황제가 다시 말했다.

"죽기 전에 할 말이 있어서 그대들을 불렀다. 죽기 전에 마지막으로 보고 싶어서 그대들을 불렀다."

일순 백관 중에 흐느끼는 자들이 속출하기 시작했다.

황제는 호흡을 가다듬듯 잠시 말을 쉬었다가 이어 나갔다.

"누군가 내 셋째 아들 주건을 강시로 만들어 나를 죽이려 했다."

순간 백관들이 깜짝 놀라 서로를 돌아보았다. 금세 광장이 시장 바닥처럼 어수선해졌다.

바로 그때, 황제내관이 우렁차게 소리쳤다.

"조용히들 하시오! 황제 폐하께서 말씀하시는 중이오!"

다시 광장이 조용해지자, 황제의 목소리가 다시 천천히 들려왔다.

"비천문의 문주와 백화 군주, 그리고 강 총수의 협력으로 강시를 물리쳤으니, 태자는 따로 그들의 공(功)을 치하하라."

주완룡이 황급히 허리를 숙이며 말했다.

"명을 받듭니다, 아바마마."

대답하는 그의 눈시울이 붉게 물들고 있었다.

"또한 그 배후에 있던 자들은 지휘 고하를 막론하고 구족(九族)을 멸하도록 하라."

"명을 받듭니다, 아바마마."

"아울러 확실히 말할 터이니 이곳에 모인 모든 백관들은 똑똑히 듣도록 하라. 차기 황제는 태자 완룡으로 정할 것이다."

일순 광장에서는 약간의 동요와 술렁임이 있었지만 이내 곧 황제와 황태자를 칭송하는 소리가 울려 퍼졌다.

언뜻 황제가 천천히 손을 드는 것 같았다. 그 모습에 대신들이 일제히 조용해졌다.

황제는 다시 손을 내렸다. 그의 목소리가 들려왔다.

"앞으로 완룡을 잘 부탁하네."

광장 전체가 숙연해졌다. 대신들은 눈물까지 흘리면서 황제의 다음 이야기를 기다렸지만 소용없었다. 황제는 더는 말을 잇지 않았다.

잠시 기다리던 태의원 원사 조소금이 조심스럽게 황제의 곁으로 다가가 진맥하고 호흡을 살폈다. 그러고는 부들부들 떨리는 목소리로 주변 사람들에게 뭔가 소곤거렸다.

황제내관이 조심스럽게 황제 곁으로 다가갔다. 그리고 햇솜을 황제의 입과 코에 얹어 숨이 움직이는지 확인했다. 바로 초종(初終)의 절차였다.

그리하여 마침내 황제가 숨을 쉬지 않는 걸 확인한 황제내관은 곧 솜을 거둔 후 흐느끼듯 소리쳤다.

"폐하께서 붕어(崩御)하셨습니다!"

서둘러 황태자 주완룡이 달려갔다. 태의원 원사 조소금이 사망 선고를 내리고 주변에 있던 이들이 죽음을 확인하는 가운데, 주완룡이 달려가 부친의 손을 잡고 목놓아

국휼고명(國恤顧命) 〈15〉

울기 시작했다. 만조백관도 함께 울음을 토했다.

소부 곽우중이 살짝 고개를 들어 동료들을 둘러보았다. 이른바 칠인회라 불리는 동료들의 얼굴에도 낭패의 기색이 역력했다. 몇몇 이들은 사색이 되기까지 했다.

당연한 일이었다.

이렇게 황제가 직접, 만조백관이 모인 자리에서 유언으로 남긴 것이다. 차기 황제가 누구인지 정확하게 말한 것이다.

그러니 이제 공식적으로는, 그 어떤 방법을 동원한들 주완룡이 차기 황제가 되는 일을 막을 수가 없게 되었다.

게다가 이번 사관에 관련되었거나 그 배후의 인물은 지휘 고하를 막론하고 구족을 몰살하라는 유언도 함께 있었다.

최대한 증거를 없애고 흔적을 지우기는 했지만, 행여라도 자신들의 행적이 들키기라도 한다면 그때는 수백, 수천의 친척, 지인들과 더불어 형장의 이슬로 사라질 터였다.

'얼른 돌아가서 대책을 강구합시다.'

누군가 눈짓으로 그리 말하는 것 같았다. 곽우중은 고개를 끄덕이면서 한편으로는 강만리에게서 시선을 떼지 않았다.

그때였다.

태사의를 메고 있던 강만리가 불현듯 곽우중에게로 시선을 돌렸다. 그리고 놀랍게도 강만리가 싱긋 웃었다.

그것은 마치 지난 몇 달 동안, 아니 지난 몇 년 동안 네가 무슨 짓을 했는지 다 알고 있다는 듯한 미소였다.

곽우중의 등골이 서늘해졌다.

* * *

황제는 다시 침소로 모셔졌다.

강만리와 담우천, 설벽린과 장예추는 조심스럽게 침상을 내려놓았다. 꽤 오랜 시간 동안 무거운 침상을 들고 있었지만 그들은 땀 한 방울도 흘리지 않았다.

도관을 정제한 고봉 진인이 그들의 모습을 지켜보다가 말했다.

"다들 수고하셨네."

그는 황제가 건청궁에서 이야기할 때부터 지금까지 태의원 원사 조소금 옆에 서 있기만 했을 뿐이었는데, 외려 강만리들보다도 더 힘들고 괴로운 일을 해낸 듯 식은땀에 흠뻑 젖어 있었다.

"진인께서 가장 고생하셨죠."

강만리는 그를 위로하듯 말한 다음 다시 다른 사람들에게 말했다.

"여러분들도 모두 고생하셨습니다."

백화의 군주 권화는 말없이 한 차례 강만리를 노려보고는 밖으로 나갔다. 비천문주 역시 파리한 안색을 감추지 못한 채 고개를 숙이고는 밖으로 나갔다.

태의원 원사 조소금이 그녀들과 함께 밖으로 나가려는 걸 강만리가 붙잡았다.

강만리가 나지막이 말했다.

"고맙소."

조소금은 불안한 눈빛으로 사방을 두리번거리다가 두려워 죽겠다는 표정을 감추지 못한 채 소곤거렸다.

"그 누구에게도 말한다면……."

"누가 말하겠소? 외려 원사께서 말할까 봐 두렵소, 나는."

"설마요. 제가 어찌 감히 그런 말을 함부로 입에 올릴 수 있겠습니까?"

"좋소. 이건 우리들만의 비밀로 묻어 둡시다."

"그, 그럼 이제 빚은 다 갚은 겁니다."

"물론이오. 두 번 다시 곤란하게 하지 않겠소."

강만리의 말을 뒤로하고 조소금은 허둥지둥 밖으로 나갔다.

그때, 조소금은 때마침 침소로 들어서던 황태자 주완룡과 맞닥뜨렸다. 그는 심장이 덜컥 내려앉는 듯한 표정을 지으며 황급히 고개를 조아렸다.

주완룡이 그의 어깨를 다독이며 말했다.

"고생하셨네. 이제 가서 쉬도록 하시게."

"며, 명을 받듭니다, 전하. 아니, 폐하."

조소금은 종종걸음으로 도망치듯 빠르게 자리를 벗어났다.

주완룡을 비롯하여 태자내관 공은탁과 여러 내관과 몇몇 대신들이 침소로 들어섰다. 강만리 일행은 뒤로 물러나며 허리를 숙였다.

아직도 눈가가 붉게 충혈된 주완룡은 곧바로 침상으로 다가가 부친, 황제의 얼굴을 가만히 들여다보았다.

오랜 병중으로 초췌해진 얼굴이었다. 홀쭉하게 살이 빠지고 앙상해서 마치 마른 나뭇가지와도 같았다.

주완룡이 뭔가 중얼거렸다. 바로 곁에 있던 내관들조차 전혀 듣지 못할 정도로 희미한 목소리였다.

고개 숙인 강만리의 귀가 쫑긋거렸다. 그의 귓전으로 주완룡의 목소리가 전해졌다.

"제대로 된 황제가 되겠습니다."

주완룡은 그렇게 말하고 있었다.

'그래야죠. 제대로 된 황제가 되셔서 우리 백성들을 평안하게 살게 해 주셔야죠.'

강만리는 내심 그렇게 중얼거렸다.

그때였다. 주완룡이 문득 몸을 돌려 강만리들을 바라보며 말했다.

"고생들 했네."

강만리들이 다시 허리를 숙이며 말했다.

"그저 할 일을 했을 뿐입니다."

"그럼 이제 모든 할 일이 다 끝난 겐가?"

주완룡의 물음에 강만리는 차분한 목소리로, 확고한 의지가 담긴 음성으로 말했다.

"아닙니다. 아직 한 가지 남은 일이 있습니다. 조금만 더 기다려 주시옵소서, 전하."

주완룡이 가늘게 눈을 뜬 채 강만리를 바라보다가 천천히 고개를 끄덕이며 입을 열었다.

"모쪼록 내가 네게 실망하는 일이 없기만을 바랄 뿐이다."

"물론입니다, 전하."

그렇게 대답하는 강만리의 등골이 저도 모르게 한순간 서늘해졌다.

* * *

황제가 죽었다.

황제가 죽었으니 국장(國葬)을 치러야 했다. 국장은 초상

(初喪) 이후 몇 개월이나 소요되는 절차로 이뤄져 있었다.

황제의 혼을 부르는 복(復)으로부터 시작하여 의복을 갈아입고 금식(禁食)하며, 시신을 깨끗이 씻기고 새 의복으로 갈아입힌 후 위위곡(爲位哭)이라 해서 자리를 만들어 곡을 해야 했다.

이때는 황태자, 대군 이하의 황자, 왕비, 황태자비, 내외명부(內外命婦) 등이 자리하여 차례로 곡을 해야 했다.

문무백관이 곡을 하는 건 거림(擧臨)이라고 했으며, 이후 함(含) 설빙(設氷), 영좌(靈座), 명정(銘旌), 고사묘(告社廟)까지의 진행되는 것까지가 초상 후 사흘째 되는 날의 절차였다.

그리고 강만리는 그 사흘째가 되기 전까지, 마지막 남은 일 하나마저도 끝낼 계획이었다.

2. 황제를 죽인 자

"세상에! 대사형이 우리가 한 일을 아는 줄 알았습니다. 정말 심장이 털컥 내려앉는 것 같았다니까요."

별채로 돌아와 객청에서 식은 차를 마시던 와중, 문득 설벽린이 가슴을 쓸어내리며 한숨을 내쉬었다. 장예추도 비슷한 느낌을 받았는지 고개를 끄덕이며 동의했다.

"아무래도 마지막 말씀이 심상치 않았으니까요."
"괜찮아."
강만리가 어깨를 으쓱거렸다.
"우리가 전하를 실망케 할 만한 일은 하지 않았잖아?"
"과연 그럴까요?"
"당연하지. 이제 전하는 명실공히 차기 황제가 되셨다고. 이제는 누가 감히 딴죽을 걸고 싶어도 걸 수가 없게 되었잖아? 게다가 황후도 없으니 말이지."
"음, 그거 하나하나 따지다가 보면 모두 큰 문제가 될 것 같은데요."
"괜찮아. 누가 따지겠어? 설령 누가 따진다 한들 절대 들킬 리가 없으니까. 다들 눈뜬 봉사란 말이지."
강만리는 어깨를 으쓱거리며 말을 이었다.
"보라고. 그 넓은 광장에 모인 사람들 중에서 누가 황제의 목소리가 가짜라는 사실을 눈치챘어? 심지어 아들인 전하께서도 깜빡 속아 넘어가셨잖아?"
"허험. 누가 들을지도 모르니 너무 큰 소리로 말하지 말게."
고봉 진인은 아직도 긴장된 기색이 역력한 얼굴로 헛기침을 하며 말했다.
"하하하! 듣기는요. 주변에는 아무도 없으니 그리 걱정하지 않으셔도 됩니다."

강만리는 호탕하게 웃으며 말했다. 마치 일부러 그렇게 크게 웃음으로써 이 가라앉은 분위기를 지워 내려는 듯한 그런 웃음이었다.

 그러나 강만리의 의도와는 달리 분위기는 더욱더 깊게 가라앉고 있었다.

 식은 차를 마시던 설벽린은 아무래도 안 되겠다는 듯 창고로 가서 죽엽청을 꺼내 왔다. 장예추도 얼른 잔을 받았고, 고봉 진인도 연거푸 석 잔의 술을 마셨다. 심지어 담우천 역시 설벽린이 권하는 술을 마다하지 않았다.

 어쩌면 너무나도 당연한 일이리라.

 어찌 되었든, 무슨 의도였든 결국 그들은 황후와 황제를 모두 죽인 사상 최초의 암살자들이었으니까.

* * *

 침소에는 황제가 누워 있었다.

 게서 조금 떨어진 자리에 내관 한 명이 고개를 꾸벅이며 졸고 있었다.

 강만리는 빠르게 몸을 날려 내관의 수혈을 짚은 다음 소리 나지 않게 구석진 자리에 눕혔다. 그러고는 천천히 침상으로 걸어가 조심스럽게 입을 열었다.

 "폐하, 들리십니까?"

자는 듯 죽은 듯 기척이 없던 황제가 천천히 눈을 떴다. 황제는 이미 생기(生氣)가 사라져 초점조차 제대로 잡히지 않는 텅 빈 눈빛으로 강만리를 쳐다보았다.

 강만리는 그의 손을 꺼내 맥문을 잡았다. 그리고 천천히 내공을 불어넣으며 입을 열었다.

 "혹시 이 미천한 자가 누구인지 알아보시겠습니까?"

 오랜 병환으로 이미 망가질 대로 망가진 황제의 기맥을 따라서 강만리의 내공이 무식하게 밀려들었다. 황제는 고통스럽다는 듯이 눈썹을 꿈틀거렸다.

 하지만 강만리는 내공을 주입하는 걸 멈추지 않았다. 그는 황제가 아파하든 말든, 혹은 죽든 말든 상관없다는 듯 계속해서 자신의 내공을 황제에게 주입하며 물었다.

 "제가 누구인지 알아보시겠습니까?"

 강만리의 순후(純厚)한 내력은 황제의 병마(病魔)조차 물리치는 것일까. 황제의 새하얀 얼굴에 점점 핏기가 돌아오고 흐릿하던 눈빛도 점점 더 명징(明澄)해졌다.

 황제는 가만히 강만리를 쳐다보다가 천천히, 희미하게 고개를 끄덕였다. 강만리가 누군지 알아본다는 뜻이리라.

 하지만 강만리는 집요했다.

 "제가 누구인지 말씀해 주실 수 있겠습니까?"

 강만리는 계속해서 내공을 불어넣다가, 이대로는 안 되

겠다고 생각했는지 황제를 반쯤 일으켜 앉히며 그의 명문혈에도 손을 가져다 대며 진기를 불어넣었다.

황제의 맥문을 타고 흘러드는 내공과 명문혈을 따라 흘러드는 진기가 천천히 그의 기맥을 따라 주천(周天)을 시작했다. 놀랍게도 지금 강만리는 강제로, 억지로 황제의 운기조식을 도와주고 있는 것이었다.

"제가 누구인지 말씀해 주실 수 있겠습니까?"

강만리의 내력이 흘러들수록 황제는 지독한 고통을 느끼는 한편, 새로운 생기와 활력이 몸 전체를 휘감는 듯 그 얼굴이 잔뜩 찡그러지는 대신 붉은 기가 완연하게 돌아서 언뜻 보면 병세에서 마치 회복해 가는 듯 보였다.

"제가 누구인지 말씀해 주실 수 있겠습니까?"

강만리가 다시 한번 물었을 때였다.

"무림…… 포두…… 강…… 만리."

황제의 입이 열리고 희미한 음성이 새어 나왔다.

강만리는 그 목소리를 따라 읊었다.

"무림…… 포두…… 강…… 만리."

놀랍게도 강만리의 입에서는 황제의 그것과 매우 흡사한 음성이 흘러나왔다. 그건 강만리가 고봉 진인으로부터 배운 구기(口技), 곧 성대모사였던 것이었다.

황제는 살짝 놀란 눈빛으로 강만리를 바라보며 말했다.

"그대의 목소리가…… 짐의 목소리를……."

강만리는 곧바로 그 목소리를 흉내 내어 따라 말했다. 하지만 그는 곧 인상을 찡그리며 고개를 저었다.

"젠장, 전혀 비슷하지가 않아."

그때였다.

문밖에서 실랑이 소리가 들려왔다. 처소 밖에서 대기하고 있던 담우천과 장예추, 그리고 이제 막 그들을 쫓아 달려온 권화들의 실랑이였다.

강만리는 잠시 입을 오물거리다가 아주 나지막하게 말했다.

"강만리와…… 형제들은 두고…… 다들…… 물러가 있거라."

일순 밖에서 들려오던 소음이 씻은 듯이 사라졌다.

"명을 받드옵니다, 폐하."

여인의 울먹이는 듯한 목소리가 들려왔다. 그러고는 곧 그녀가 물러가는 기척이 이어졌다.

강만리는 내심 안도의 한숨을 쉬었다. 아직 불완전한 모사였지만 그래도 권화를 속이기에는 충분했다.

"아니, 아직 안 돼."

강만리는 입술을 깨물었다.

권화야 워낙 다급하고 당황한 상태였고, 또한 주건의 강시를 상대하는 등 심력과 기력을 소진한 상황이었으니 그나마 속일 수가 있었던 것이었다.

문무백관 앞에서, 그리고 무엇보다 주완룡 앞에서 황제의 목소리를 흉내 내기에는 턱없이 부족한 실력이었다.

'역시 진인에게 부탁해야 하나?'

강만리가 다시 한번 입술을 깨물 때였다. 복도 밖에서 세 사람이 달려오는 기척이 있었다.

그리고 얼마 지나지 않아 설벽린과 조소금, 그리고 도관을 정제한 고봉 진인이 처소 안으로 들어섰다.

조소금은 황제를 부축해 앉힌 강만리를 보고는 깜짝 놀라며 소리쳤다.

"아, 아니 지금 무슨 짓을……!"

"쉿."

강만리가 인상을 찌푸리며 눈을 부라리자, 조소금은 두 손으로 입을 틀어막았다.

강만리는 낮은 목소리로 소곤거렸다.

"폐하께 강호의 치료술을 하는 참이오. 방해하지 마시오."

"아…….."

조소금이 다시 입을 열고 뭐라 말하려 할 때, 눈치 빠른 설벽린이 그를 문밖으로 데리고 갔다.

고봉 진인이 한숨을 쉬며 강만리에게 다가왔다.

"어찌 되어 가나?"

고봉 진인의 질문에 강만리는 고개를 흔들었다.

"제 수준으로는 벅찬 것 같습니다. 아무래도 진인께서 도와주셔야 할 것 같습니다."

"허어. 무량수불. 무량수불."

고봉 진인이 연거푸 도호를 외우는 가운데, 황제가 갑자기 "헉!" 하며 토혈(吐血)했다. 황제의 연약해진 기맥이 강만리의 내력을 도저히 감당하지 못하는 것이었다.

"쿨럭. 쿨럭."

황제는 연신 피를 토했다. 천만다행으로 설벽린이 조소금을 데리고 나갔기에 망정이지, 하마터면 조소금이 놀라 울부짖을 뻔한 광경이 벌어지고 있었다.

고봉 진인은 안색이 새파랗게 변한 채 옷으로, 이불로 피를 닦아 냈다. 강만리는 표정 하나 변하지 않은 채 계속해서 진기를 주입하며 황제에게 말을 건넸다.

"폐하, 죄송합니다만 제 힘으로는 도저히 폐하를 살릴 수가 없을 것 같습니다. 하지만 폐하, 그럼에도 불구하고 제가 이렇게 폐하의 몸에 계속해서 진기를 불어넣고 있는 건 오직 딱 한 가지 이유에서입니다. 바로 황태자 전하께서 차기 황제가 되게끔 하고자 함이옵니다."

몇 차례 토혈하다가 겨우 그나마 안정을 되찾은 듯 황제는 가쁜 숨을 몰아쉬며 강만리를 바라보았다. 강만리는 그의 시선을 피하지 않은 채 말을 이어 나갔다.

"그러니 부디 몇 마디 말씀을 남겨 주시기 바랍니다. 그 말씀으로 황태자 전하께서 황제가 되실 수 있으니까요."

"누가……."

황제는 가만히 강만리를 바라보다가 천천히 입을 열었다. 처연한 표정을 짓고 있던 고봉 진인이 빠르게 황제의 곁으로 다가와 귀를 기울였다.

"누가…… 완룡의…… 자리를…… 막으려…… 하느냐?"

강만리는 침착하게 대답했다.

"황후 마마와 소부 곽우중 패거리입니다."

"아아……."

황제는 눈을 감았다.

고봉 진인이 입속으로 뭔가 중얼거리기 시작했다. 그러고는 힐끗 강만리를 쳐다보며 고개를 흔들었다. 겨우 그 정도의 목소리로는 도저히 모사가 불가능하다는 듯한 표정이었다.

강만리가 다급해져서 재차 황제에게 말을 걸려고 할 때였다. 황제는 눈을 감은 채 입을 열었다.

"짐의…… 목소리를 그대로…… 전하도록 하라."

일순 강만리와 고봉 진인의 눈이 휘둥그레졌다. 방금 흘러나온 목소리는 지금까지와는 달리 명료했으며, 힘이 실려 있었다.

마치 마지막 기력을 모두 짜내서 말하는 것처럼, 황제는 그렇게 확실한 발음으로 이야기하고 있었다.

"차기 황제는…… 태자 완룡으로 정할 것이다."

고봉 진인이 빠르게 입을 놀렸다. 그 목소리의 특징을 하나도 놓치지 않고 자신의 것으로 만들고 있었다.

황제는 천천히 눈을 떴다. 그는 초점이 전혀 잡히지 않는 눈으로 강만리를 바라보며, 꾸역꾸역 밀려드는 핏물을 토하면서 말했다.

"앞으로…… 완룡을…… 잘 부탁하……."

그게 끝이었다. 그것으로 황제는 고개를 떨궜다. 강만리가 주입한 진기와 내공이 황제의 모든 기맥과 심맥을 파열하고 조각낸 까닭이었다.

황제는 그렇게 죽었다.

3. 비밀 회의장

황제가 죽었다.

강만리가 의도한 죽음이었는지, 아니었는지는 오직 강만리만이 알 일이었다.

중요한 건 그게 아니었다. 황제가 죽은 건 아직 세상에 공표되어서는 안 되는 일이었고, 그래서 태의원 원사 조소금이 필요했다.

강만리는 곧 밖의 복도에서 창백한 얼굴로 서성거리던

조소금을 데려와 황제의 죽음을 확인하게 하였다.

조소금의 얼굴은 하얗다 못해 시퍼렇게 변하자, 강만리는 잡고 있던 그의 팔을 지그시 누르면서 침착하게 말했다.

"새벽에 건청궁 광장에서 조회가 있을 것이오. 그때까지 황제는 살아 계시는 겁니다, 알겠소?"

팔을 짓누르는 고통 때문이었는지, 아니면 황제의 죽음을 숨기라는 강만리의 지시 때문인지, 조소금의 입이 쩍 벌어졌다.

황제의 붕어 소식을 감추라니, 누군가에 들키는 날에는 조소금은 물론 삼족, 구족까지 몰살당할 일이었다.

"조 원사께는 아무런 탈이 없을 것이오. 만약 들통나는 날에는 내가 모든 책임을 질 터이니 그건 걱정하지 마시구려."

강만리가 그리 말했지만 조소금의 벌벌 떨리는 손길은 막을 수가 없었다.

그렇게 강만리가 조소금을 어르고 달랠 때, 도저히 기다릴 수가 없었다는 듯 백화의 권주와 비천문주가 처소로 뛰어 들어왔다.

"무슨 일인가요?"

권화가 서늘한 표정을 지으며 물었다. 조소금은 떨리는 목소리를 애써 감추며 입을 열었다.

"별일 아닙니다. 황제께서는 강 총수와 잠시 대화를 나누시다가 방금 숙면(熟眠)에 들어가셨습니다. 괜한 소란은 피우시지 않았으면 합니다."

조소금의 말에 권화가 황급히 입을 다물었다. 강만리는 미소를 지으며 조소금을 향해 고개를 끄덕였다.

장예추는 그 광경을 보고 속으로 중얼거렸다.

'형님께서 죽은 제갈량이 산 사마의를 놀라게 만드는 계책을 사용하겠다고 했을 때, 그게 뭔 소리인가 싶었는데.'

알고 보니 죽은 황제를 이용하여 살아 있는 만조백관을 놀라게 할 계획이었던 것이었다.

그리고 강만리의 계획은 비록 아슬아슬했지만 별 탈 없이 진행되었고 성공리에 끝났다.

고봉 진인이 황제의 목소리를 흉내 내는 구기를 누구 하나 의심하지 않았으며, 또한 조소금이 굳은 목소리로 황제의 붕어 사실을 알렸을 때 역시 누구 하나 그 사실을 의심하지 않았으니까.

설벽린은 죽엽청을 마시다가 힐끗 강만리를 바라보았다. 마침 강만리는 마지막 해야 할 일을 생각하고 있는 듯 지그시 눈을 감은 채 혼자만의 상념에 젖어 있었다.

'대단한 분이라니까.'

설벽린은 내심 고개를 설레설레 흔들었다.

돌이켜 보면, 모르긴 몰라도 강만리는 꽤 오래전부터 황제와 황후를 죽이겠다는 계획을 세우고 있었는지도 몰랐다.

그야말로 만고(萬古)의 대역죄인(大逆罪人)이 되는 계획을, 오직 혼자만의 가슴에 품고 있었던 것이리라.

그렇지 않고서야 고봉 진인의 구기를 배우려 하지 않았을 테고, 또 굳이 고봉 진인을 데리고 다니지도 않았을 테니까.

아울러 화군악과 담호가 악양부로 떠날 때도 다른 사람들은 다 딸려 보내면서도 오직 고봉 진인만 이곳 황궁에 남기지 않았던가.

'무서운 사람이다.'

설벽린은 내심 혀를 내둘렀다.

어찌 그런 흉악한 계획을 혼자만의 가슴에 품고 있었을까. 어찌 몇 개월, 몇 년의 세월 동안 주위 동료들에게까지 단 한 번도 내색하지 않은 채 지낼 수가 있었을까.

지금 또 강만리는 홀로 무슨 계획을 꾸미고 있는 걸까. 그리고 그 계획은 또 얼마나 악독하고 잔인하며 무자비할까. 이미 황제와 황후를 죽인 마당에, 그 어떤 것이 그의 행보에 거칠 수 있을까.

설벽린이 자신을 두고 그런 생각을 하는지 알 리가 없는 강만리는 여전히 지그시 눈을 감은 채 혼자만의 상념에 젖어 있었다.

그러던 한순간, 강만리는 천천히 눈을 뜨며 담우천과 장예추를 돌아보았다.

"힘드실 텐데 아직 해야 할 일이 남아 있습니다."

강만리의 말에 담우천은 빈 술잔을 가만히 내려놓으며 말을 받았다.

"힘들 것도 없네."

장예추도 고개를 끄덕였다.

"생각보다 태극천라강시를 쉽게 잠재웠으니까요. 솔직히 말한다면 팔 하나 정도는 내줄 각오까지 했거든요."

"흠, 염마를 상대할 때와는 우리도 많이 달라졌으니까."

강만리는 어깨를 으쓱거리며 말했다.

"지금이라면 혼자서도 염마를 박살 낼 수 있을걸? 담 형님이나 예추는 물론이고 심지어 나도 말이지."

아닌 게 아니라 그들의 무공은 확실히 늘었다. 지난 일 년 사이, 그들은 이미 심벽(心壁)을 뚫고 그 안으로 한 걸음 진입하거나 혹은 두 발을 온전하게 내디딜 수가 있었다.

심벽은 무형의 경지였다. 실체가 없으며 실존하는지도 모르는 경지였다.

하지만 절정에서 초절정의 고수로 넘어가기 위해서는 반드시 뚫고 들어서야 하는 경지가 바로 심벽이었다.

그 심벽을 뚫고 진일보(進一步)하게 되면, 그때는 이른바 천의무봉(天衣無縫)의 경지에 오르게 되는 것이었다.

그리고 지금 최소한 담우천과 장예추는 그 심벽 안쪽으로 들어선 상태였다.

"이게 마지막입니다, 황궁에서의 일은."

강만리의 설명에 담우천과 장예추는 고개를 끄덕였다.

설벽린이 한숨을 쉬며 중얼거렸다.

"역시 내가 할 일은 없군요."

강만리가 웃으며 말했다.

"왜 없어? 이쪽 사람들은 다 네 책임인데."

강만리는 죽엽청을 손가락에 묻혀 수많은 이름을 써 내려갔던 탁자 한쪽을 가리켰다. 술은 이미 증발했고, 탁자에는 아무런 흔적도 남아 있지 않았지만 설벽린은 기억하고 있다는 듯 고개를 끄덕였다.

"그럼 제가 금의위와 동창을 부리겠습니다."

"그래. 담 형님과 예추에게는 오히려 그들이 부대낄 테니까."

강만리의 말에 설벽린은 저도 모르게 이맛살을 찌푸렸다.

역시 같은 무림오적이라고 불려도, 급(級)의 차이가 현저하게 나고 있었다.

담우천과 장예추가 초절정의 경지라면, 설벽린은 이제

절정으로 향하는 단계에 있었다. 그것도 아주 좋게 평가한 것이지만.

"그럼 슬슬 일어나죠. 날이 밝아 오고 있으니까요."

장예추가 마지막 술잔을 비우고 자리에서 일어났다. 아닌 게 아니라 창밖이 훤하게 밝아 왔다.

그 길었던 밤이 끝나고 새로운 아침이 시작되고 있는 것이었다.

* * *

"믿을 수 없소! 모산파가 그리 장담하던 태극천라강시가 실패하다니! 황제가 직접 모습을 드러내고 차기 황제를 지목하다니, 도대체 일을 어찌 처리하는 것이오?"

"지금이라도 늦지 않았소. 따로 계획을 세워야 하오! 비록 황제의 유언에 따라 차기 황제가 정해졌다고는 하지만, 즉위식까지는 반년 이상 남았소. 그동안 황태자가 암살당할 수도……."

"쉿. 조심하시오. 낮말은 새가 듣는 법이오."

"흥! 이 일대 백여 장 안쪽으로는 새는 물론 쥐 한 마리 들어올 수 없을 정도로 완벽한 경계망이 펼쳐져 있소. 그러니 새나 쥐는 걱정하지 않으셔도 되오."

"완벽하다는 말은 더는 사용하지 않았으면 하오. 우리

모두가 완벽하다고 생각했던 계획조차 이미 실패하지 않았소? 한 번 정권(政權)을 창출(創出)하는 일이 실패한 이상, 지금은 납작 엎드려 있는 게 훨씬 나을 것 같소."

"허어, 너무 무른 생각이시오. 비록 삼황자의 강시와 황금살각 전원이 몰살했다고는 하지만, 아직 우리에게는 금은팔각 중 여섯 개의 조직이 남아 있소. 거기에 정 뭣하다 싶으면 삼조(三組)까지 모두 부른다면 그깟 강만리 따위······."

"쉿! 정말 말조심하시게!"

"으음, 죄송하오, 소부. 말이 헛나왔소이다."

"삼조에 관한 건은 그 누구도 함부로 입에 올려서는 안 되는 것이오. 우리 칠인회 역시 그들의 암살 대상이 될 수 있으니까 말이오."

"앞으로 조심하겠소이다."

"어쨌든 삼황자가 당한 건 확실히 충격이오. 그때 우리에게 보여 주었던 음양마라강시보다 수십 배 뛰어나고 강한, 그야말로 강시 중의 강시라고 했으니까. 강만리에게 태극천라강시를 없앨 능력은 없을 테고······ 도대체 누가 그런 말도 안 되는 일을 해치운 것이오?"

"백화에 있는 우리 아이의 말을 들어 보자면 담우천과 장예추라는 자와 합작한 모양이외다. 폭약을 입속으로 집어넣어 폭파한 다음, 쇠사슬과 철근을 이용하여 꼼짝하지 못하게 묶어서 그대로 건청궁 외진 우물에 처박아 둔 모양이오."

"호오. 그렇다면 아직 살아 있을 수도…… 아니, 강시를 두고 살아 있다고 표현하는 건 좀 그렇지만, 어쨌든 다시 사용할 수 있지 않겠소?"

"그건 경양 진인이 해야 할 일이오. 우리가 직접 나서기에는 너무 위험부담이 크오."

"참, 경양 진인은 지금 어디에서 무얼 하고 있소이까, 일이 이 지경이 되었는데?"

"그 비밀 장소에 숨어 있을 것이오. 어쨌든 경양 진인이 살아 있어야만 그 태극 뭔가 하는 강시를 제대로 제어할 수 있을 테니까."

"흠, 그렇다면 경양 진인이 죽거나 의식을 잃게 된다면 그 강시는 어찌 되오?"

"모산파 도사들의 말에 따르자면 다른 강시들과는 달리 무의식적으로 생전의 기억에 따라 행동한다고 하더이다. 그러니 모르기는 몰라도 삼황자 주건처럼 행동하고 말할 게 분명하오."

"호오. 그렇다면 경양 진인이 없다 한들, 삼황자의 강시는 여전히 우리 편이 되는 것 아니오?"

"하지만 삼황자가 우리 뜻대로 움직여 줄 리 만무하잖소? 애당초 그가 일으켰던 역모 사건 역시, 우리의 조언을 마다하고 스스로 일으켰던 것이었으니."

"그건 그렇소. 어쨌든 삼황자의 강시는 경양 진인에게 우선 맡겨 두기로 하고, 황태자 건에 관해서 이야기를 나눕시다. 다들 어찌했으면 좋겠소?"

"좋은 일이 있을 거라고 흥분하는 바람에 오늘 밤을 꼬박 새웠더니 제대로 머리가 돌아가지 않는구려. 아무래도 오늘은 이만 파하기로 합시다. 아까 호부상서 말씀대로 즉위식까지는 최소한 서너 달 이상 남아 있으니 말이오."

"소부께서 그리 말씀하신다면야."

"안 그래도 지금 머리가 복잡하고 정신이 혼란해서 제대로 생각할 수가 없던 참이었소. 오늘은 이만 푹 쉬고 각자 따로 방법을 강구해서 다시 만나기로 합시다."

"그럼 오늘은 이만."

"늘 해 왔던 것처럼 각자 반각의 시간을 두고 자리를 뜨기로 합시다. 주변 기척을 확인하는 것도 잊지들 마시고."

"허허허. 감히 누가 이곳을 기웃거리겠소. 너무 걱정하지 않으셔도 될 거요, 이부상서."

"그랬으면 좋겠구려. 하지만 워낙 강만리라는 자가 능구렁이 같아서……."

"어디 능구렁이만 있겠소? 생긴 건 멧돼지처럼 무식해

보이는 자가 여우 흉내까지 내고 있으니."

"흐음. 역시 강만리는 우리 편으로 끌어왔어야 하는 건데. 그때 내 제안이 각하(却下)된 게 너무나 아쉽고 안타깝구려."

"모르시는 말씀이오. 강만리는 절대 우리 편이 될 수가 없는 인물이오. 무엇보다 그는 십삼매라는 여인을 진심으로 사랑하고 있으니 말이오."

"음? 그게 사실이오? 하지만 그는 북해빙궁의 예예라는 여인과 혼인하지 않았소?"

"원래 그런 법 아니오? 심중(心中)의 연인과 현실의 아내는 다른 법 말이오."

"호오. 그렇다면야……."

"어쨌든 이제 내가 먼저 일어나겠소. 다음에 다시 뵐 때까지 다들 보중하시기 바라오."

그렇게 호부상서가 먼저 자리에서 일어났다. 반각의 시간을 기다려 이부상서가 자리를 떴고, 다시 반각 후 병부상서가 그곳을 빠져나왔다.

나라의 행정을 책임지고 국가의 현재와 미래를 계획하고 실천하는 육부(六部) 중에서 가장 핵심이자 근본이며 모든 권력이 집중된 이부, 호부, 병부의 최고 책임자들이 그렇게 자리를 떴다.

이후 도찰원의 도어사, 오군도독부의 도독, 사례태감

과 소부 곽우중이 차례로 그곳, 황궁무고(皇宮武庫)를 빠져나갔다.

놀랍게도, 그들이 머물며 칠인회를 진행한 곳은 다름 아닌 황궁무고였다. 황제나 황태자의 허락이 없는 한 그 누구도 가까이 다가갈 수 없는 곳이 바로 황궁무고였다.

하지만 등잔 밑이 어둡다고나 할까.

황궁무고를 관리하고 청소하는 환관들은 수시로 그곳을 드나들었다. 그리고 사례태감은 그들을 감독하는 최고 권력자였으니, 그 누구도 황궁무고가 칠인회의 비밀 회의장으로 사용된다는 건 알 수가 없었다.

물론 강만리를 제외하고는.

"역시."

칠인회의 대신들이 한 명씩 황궁무고를 떠나는 광경을 가만히 지켜보던 담우천이 중얼거렸다.

"만리의 추측이 맞았구나. 황궁무고가 저들의 회의장이었다니 말이다."

2장.
제이(第二)의 사선행자(死線行者)

오대가문은 이미 성공한 전력이 있었다.
십 세 미만, 심지어 서너 살짜리 아이들을 모아서
십수 년 동안 집단 교육과 훈련을 통해 이른바 사선행자라는,
최고 암살 조직을 만들어 낸 성과가 있었다.
그 성과를 바탕으로, 실패를 교훈 삼아서
다시 이십여 년 세월 동안 어린아이들을 길러 내고 키워 냈다면…….

제이(第二)의 사선행자(死線行者)

1. 황궁 최고의 거물(巨物)

"소부와 그 패거리들은 과연 어디에 몰래 모여서 회의하고 있을까?"

강만리가 물었다.

"황궁 내에서, 다른 사람들의 눈에 띄지 않고 자기네들끼리 안전하게 모일 수 있는 곳. 주변 경계가 철두철미해서 그 누구도 쉽게 접근하지 못하는 곳. 과연 어디일 것 같나?"

설벽린이 대꾸했다.

"그렇다면 역시 내조(內朝)겠네요. 황제의 거처가 있는 건청궁이나 아니면 원래 황후의 거처였던 곤녕궁……

아! 곤녕궁일 가능성이 더 크겠습니다. 애당초 황후와 놈들은 같은 패거리가 아니었습니까?"

"그건 아니라고 생각합니다."

장예추가 고개를 저었다.

"물론 형님 말씀대로 황후와 그들의 관계를 생각하면 어느 정도 가능한 일이기는 하지만, 그건 어쩌다 한 번 있을까 말까 하는 일입니다. 매번 백화와 비천문의 감시와 경계망을 지나쳐서 곤녕궁에 모인다는 건 거의 불가능한 일입니다. 백화와 비천문 모두를 자신의 편으로 끌어들이지 않는 한 말입니다."

장예추의 반론에 설벽린도 수긍한 듯 고개를 끄덕이며 중얼거렸다.

"흠. 그렇다면 황궁에서 가장 주변 경계가 철두철미한 곳이 또 어디 있지?"

강만리가 문득 씨익 웃으며 입을 열었다.

"왜, 우리 모두 한 번 갔던 곳인데. 기억나지 않는가? 그 철통같은 경비가?"

"네? 우리 모두가요?"

"그래. 우리 모두."

강만리는 '우리 모두'라는 말에 힘을 주었다.

사실 강만리가 황궁에서 가 보지 않은 건물은 거의 없다시피 했다. 반면 설벽린은 의외로 황궁을 돌아다닌 적이 없어서 그가 가 본 곳은 그야말로 손꼽을 정도밖에 되지 않았다.

설벽린은 고개를 갸웃거리며 말했다.

"가만있자. 내가 가 본 곳이…… 기껏해야 태자궁에 동창 정도니까, 그렇다고 놈들이 태자궁이나 동창에 모여서 모의 작당을 할 리는 없겠고."

"아!"

장예추가 생각났다는 듯 탄성을 질렀다. 설벽린은 그를 돌아보며 황급히 물었다.

"뭔데? 어딘데? 나도 가 본 곳이 더 있나?"

장예추가 웃으며 말했다.

"왜, 작년에 우리 모두 함께 가 본 곳이 있잖습니까? 황태자 전하의 독극물 사건을 해결한 공로로……."

일순 설벽린이 눈이 커졌다.

"그렇군! 황궁삼고(皇宮三庫)!"

황궁에는 오직 황제의 승인이 있어야만 출입이 가능한 세 개의 창고가 있었다. 세상에 가장 널리 알려진 황궁무고를 비롯하여 황궁약고, 황궁서고가 바로 그 세 창고였다.

강만리가 문득 진중한 표정을 지으며 입을 열었다.

"그곳을 관리하는 자는 환관들이지. 그리고 환관의 최고 권력자는 사례태감이고. 만약 사례태감이 놈들과 한패라면, 황궁삼고보다 더 비밀스러운 회의 장소는 없을 거다."

"그렇다면 사례태감과 놈들이 한패라는 증거만 찾으면 되겠군요!"

"아니, 굳이 그럴 필요가 없잖아? 지금 놈들은 황제 폐하의 유언에 놀라고 당황해서 긴급 회의를 열고 있을 테니까. 바로 그곳으로 달려가 보면 알 수 있겠지. 과연 놈들이 사례태감과 한패인지 아닌지 말이야."

그렇게 말한 강만리는 곧바로 담우천을 돌아보며 말을 이어 나갔다.

"황궁무고부터 살펴주십시오. 아마도 놈들은 삼고 중에서도 그곳에 있을 가능성이 가장 크니까요."

"알았네."

순순히 대답하는 담우천과는 달리 설벽린은 궁금하다는 듯이 고개를 갸웃거리며 강만리에게 물었다.

"왜 황궁무고에 있을 가능성이 가장 큽니까?"

강만리가 씨익 웃었다.

"그건 내 감(感)이다."

* * *

그리고 강만리의 감은 정확하게 맞아떨어졌다.

소부 곽우중을 비롯한 일곱 명의 중신들은 황궁무고에

서 은밀한 대화를 나누고 있었으며, 그 가운데에는 놀랍게도 사례태감까지 끼어 있었다.

철통 같은 주변 경계를 무력화하고 아무도 모르게 황궁무고의 천장에 잠입한 담우천은 그들 일곱 명이 조심스레 나누는 모든 대화를 밤의 쥐처럼, 낮의 새처럼 가만히 엿들었다.

이윽고 모든 대화가 끝나고 사람들은 약 반각의 시간을 두고 한 명씩 자리를 떴다. 마지막으로 자리를 뜬 인물은 소부 곽우중이었다.

담우천은 잠시 기다렸다가 역시 아무도 모르게 그 자리에서 벗어났다.

애당초 사마외도의 거물들을 암살하기 위해 십수 년 동안 키워진 암살자였다. 그때도 은잠과 잠입술에 관한 한 담우천을 따라올 자가 없었으니, 지금에 이르러서는 더더욱 그의 행적을 알아차릴 사람이 전무(全無)했다.

동궁 구석진 곳에 있는 별채로 돌아온 담우천은 자신을 기다리고 있던 강만리에게 황궁무고에서 있었던 일들에 관해 이야기했다.

강만리는 담우천으로부터 그 일곱 명의 면면을 전해 듣고는 살짝 놀란 표정을 지었다.

'이건 뭐 정권의 핵심 인물들이 다 모여 있군그래.'

놀란 건 그뿐만이 아니었다.

'삼조는 또 뭐지?'

소부 곽우중조차 암살당할 것을 두려워하는 조직이 있는 것이다. 그것도 세 개의 조직이.

담우천은 차분한 얼굴로 술을 따르며 입을 열었다.

"아마 나와 같은 부류의 사람들일 것이다."

강만리가 고개를 들어 그를 바라보았다.

"형님 같은 부류요?"

"그래. 조금 더 정확하게 말하자면 사선행자 같은 조직이겠지. 사람을 찾아내고 죽이는 일에 특화된 자들 말이다."

"으음."

강만리는 문득 엉덩이가 근질거렸다. 그는 고개를 갸우뚱하며 입을 열었다.

"제이(第二)의 사선행자(死線行者)란 말씀이죠?"

"그렇다. 그때의 실패를 교훈으로 삼고, 그때의 성공을 발판으로 삼아서 그때보다 더욱더 강하고 충성스러우며 잔인한 자들을 만들었을 거다. 정사대전이 끝난 이후 시작해서 지금까지 말이다."

"아아."

강만리는 뭔가 말하려다가 입을 다물었다.

언젠가 담우천이 했던 말이 기억난 것이었다.

사선행자는 너무 사이가 좋았다고, 너무 생각이 많았다

고, 그래서 상부에서 마음대로 부리기에는 꽤 반항기 넘치는 조직이었다고 했던 말이 새삼스레 강만리의 뇌리에 떠올랐다.

 그래서 사선행자는 토사구팽을 당했다고 했다. 관리하기 까다롭고 매번 지시와 명령에 순순히 따르지 않는 자들을, 이미 전쟁을 승리로 끝낸 마당에 굳이 유지할 필요가 없었다는 게 담우천의 설명이었다.

 '그 실패를 교훈으로 삼아서 더더욱 충성스러운 자들을 만들었단 말인가? 조직원들은 우애를 나누는 게 아니라 서로 경쟁하는 사이라고 가르치고, 동료애보다는 상부에 더 충성하게끔 훈련시켰다는 거겠지?'

 강만리는 입술을 깨물었다.

 오대가문은 이미 성공한 전력이 있었다. 십 세 미만, 심지어 서너 살짜리 아이들을 모아서 십수 년 동안 집단 교육과 훈련을 통해 이른바 사선행자라는, 최고 암살 조직을 만들어 낸 성과가 있었다.

 그 성과를 바탕으로, 실패를 교훈 삼아서 다시 이십여 년 세월 동안 어린아이들을 길러 내고 키워 냈다면…….

 과연 지금의 그들은 과거의 사선행자보다 뛰어날까, 그렇지 못할까. 지금의 사선행수는 담우천보다 강할까, 약할까.

 "과거 사선행자는 나를 중심으로 해서 하나의 조직으

로 움직였다. 그들 모두 나를 대장이라 부르며 내 명령에 철저히 따랐다. 어떤 의미에서는, 오대가문 사람들이 보기에는 눈꼴이 시었을 수도 있겠지."

담우천은 술잔을 비웠다. 그리고 다시 술을 따르며 말을 이어 나갔다.

"삼조라는 건, 그 하나의 조직을 세 개로 나눴다는 의미일 게다. 나와 같은, 사선행자를 모두 아우르는 대장을 두지 않으려고, 각 조끼리 서로 치열하게 다투고 경쟁하게 만들면서 더욱더 오대가문에게 충성을 바치게 하려는 것일 게다."

"흐음."

강만리는 무심코 엉덩이를 긁다가 화들짝 놀라서 손을 뗐다.

강만리 개인뿐만 아니라 무림오적, 더 나아가서는 화평장 전체, 심지어 황태자의 체면까지 손상시킨다는 주의에, 강만리는 되도록 엉덩이를 긁지 않으려고 늘 조심했지만 매번 저도 모르는 사이에 손이 엉덩이를 긁고 있었다.

"삼조…… 머릿속 깊이 각인시켜 두어야 할 조직이군요. 정말 좋은 정보를 얻어 오셨습니다."

강만리의 말에 담우천은 미미하게 고개를 끄덕였다.

강만리가 계속해서 말을 이어 나갔다.

"그럼 제일 먼저 처리해야 할 일은 경양 진인이 숨어

있다는 그 비밀 장소를 알아내는 일이겠네요."

"그들 일곱 명은?"

담우천이 술병을 기울이며 묻자, 강만리는 어깨를 으쓱거리더니 이내 짓궂은 표정을 지으며 말했다.

"그들이야 삼조가 상대하겠죠."

"으음?"

담우천이 강만리를 쳐다보았다. 강만리는 한쪽 눈을 찡끗거리며 말을 이었다.

"함부로 입을 놀린 죄, 삼조가 직접 나서서 그 죄를 물을 겁니다. 암살로 말입니다."

"흐음."

담우천은 잠시 생각하다가 술잔을 비웠다. 그러고는 여전히 무뚝뚝한 어조로 말했다.

"그러니까 나나 예추가 새로운 삼조의 암살자들이 되어야 한다는 뜻이군그래."

"그렇습니다."

강만리는 눈빛을 반짝이며 말했다.

"그들이 삼조를 그렇게나 두려워한다면 외려 우리에게는 또 다른 기회가 될 수 있습니다. 가령 삼조의 암살에서 살아남기 위해서 우리 쪽으로 가담하는 자가 생길 수도 있으니 말입니다."

"흐음."

"어쨌든 잠시 쉬십시오. 대양산에서 예까지 쉬지도 않고 달려오신 데다가 또 오늘도 밤을 꼬박 새우지 않으셨습니까? 마침 또 이제부터는 제가 나설 차례이니까요."

강만리가 자리에서 일어나며 말했다.

담우천은 가만히 그를 쳐다보다가 순순히 고개를 끄덕였다.

"그렇게 하지. 잠이라도 좀 자 두겠네."

"잘 생각하셨습니다. 예추에게도 그리 전할 터이니, 오늘 하루 아무 생각하지 마시고 푹 쉬십시오."

강만리는 그렇게 말한 후 객청을 나섰다.

이미 아침이 밝아 온 지 제법 시간이 흐른 후였다. 밤새워 서궁을 붉게 물들였던 화재도 완벽하게 진압이 되었다.

황궁에는 밤새도록 물을 나르느라 초주검이 된 환관과 궁녀, 시위들이 어깨를 축 늘어뜨린 채 강시처럼 이리저리 서성이고 있었다.

안 그래도 궁내의 분위기는 잔뜩 가라앉아 있었다. 새벽, 황제의 붕어 소식이 사람들에게 전해진 후, 궁내는 먹장구름이 잔뜩 낀 듯한 분위기였다.

그 와중에도 국상(國喪) 준비를 시작하는 한편, 새로운 황제의 즉위식을 준비하려는 이들은 정신없이 바쁘게 돌아다니고 있었다.

강만리는 뒷짐을 진 채 그들의 곁을 지나쳤다. 허둥지
둥 뛰어다니던 사람들은 강만리와 마주칠 때마다 마치
저승사자를 만난 것과 같은 표정을 지으며 황급히 허리
를 숙이고 고개를 조아렸다.

 황제가 붕어할 당시, 그 황제가 누워 있던 어탑(御榻)
을 메고 있던 네 명의 충성스러운 인물 중 한 명이 다름
아닌 강만리였다는 사실이, 또한 다른 세 명 역시 강만리
의 휘하에 있는 어림창위 무사들이었다는 사실이 사람들
에게 전해지면서 어림창위와 강만리의 위명은 더욱 높아
졌으며 그 권세는 그야말로 하늘을 찌를 듯해졌다.

 게다가 무엇보다 그들은 이제 차기 황제로 공인된 황태
자 주완룡의 심복들이 아닌가.

 그야말로 지금 강만리는 무소불위(無所不爲)의 권력을
지닌 황궁 최고의 거물(巨物)이었다.

 그 황궁 최고의 거물은 뭇사람들의 공포 가득한 인사를
아무렇지 않은 표정으로 일일이 받으면서 동창을 향해
느긋하게 발길을 옮기고 있었다.

2. 병부상서(兵部尙書) 진숙회(陳肅匯)

 권불십년(權不十年)이라고나 할까. 아니면 화무십일홍

(花無十日紅)이라고나 할까.

 동창은 지난 십 년 이후로 그 위용을 처참할 정도로 잃고 있었다. 나는 새도 떨어뜨린다는 그 엄청난 권세와 위명(偉名)은 제독동창 양옹이 투옥되면서 그 비참한 추락이 시작되었다.

 양옹은 동창의 마지막 불꽃과도 같은 존재였다. 막강한 권력과 정보력을 양손에 쥐고 정세를 관장할 정도의 위엄을 지니고 있었다. 심지어 황태자 주완룡과 함께 만든 비밀 결사 조직의 일원이기도 했다.

 하지만 그는 역모를 막지 못한 죄, 그리고 조직원들이 역모에 가담한 죄로 하옥되었고, 이후 제독동창의 자리는 손유섭이라는 환관에게로 넘어갔다.

 손유섭은 어린 시절 황후를 모시던 환관으로, 그녀의 적극적인 추천을 받아 새로운 동창의 제독이 되었다. 당연히 그는 황후의 손발이 되어 움직였고, 또 동창은 황후의 비호를 받으며 다시 그 권세를 확장하는가 싶었다.

 하지만 손유섭 역시 황태자비의 암살 사건에 좌첩형이 연루된 책임을 물어 좌천, 그 뒤를 다시 조기승(曹祈承)이라는 환관이 이었다.

 신임 제독동창이 된 조기승은 곧 동창 조직을 개편하면서 나름대로 신선한 자극을 불러일으켰지만, 어찌 된 영문인지 일 년의 임기도 채우지 못한 채 그 자리를 다시 손유섭에게 물려주었다.

 그 일을 두고 궁내 사람들은 다들 황후의 입김이 들어간 거라고 확신했다. 그렇지 않고서야 별다른 잘못이나 죄를 저지르지 않은 조기승이 제독동창에서 물러날 이유가 전혀 없었기 때문이다.

 이후 손유섭은 금의위의 지휘사인 기유동과 더불어 어림창위의 창설을 반대하였고, 그 죄로 인해 삭관탈직(削官奪職)을 당했으며 이후 금의위의 옛 집무실인 의란청 이 층에 갇히게 되었다.

 -이것으로 지은 죄는 모두 청산한 겝니다.

 의란청에 갇혔을 당시, 손유섭은 더없이 착잡한 표정을 지은 채 강만리에게 그리 말했다.

 당시 손유섭이 말했던 '지은 죄'란 크게 두 가지였다. 하나는 황후의 밀명을 받아 강만리 일행을 암살하려 했던 일, 또 다른 하나는 자신의 수하였던 좌첩형 소진서가 황태자비를 짝사랑하다 못해 하룻밤 불륜까지 범하게 된, 그 책임을 뜻하는 것이었다.

 어쨌든 이제 동창은 금의위와 더불어 어림창위의 수족이 되어 움직이게 되었으니, 양옹 시절의 동창을 떠올려 보면 그야말로 상전벽해(桑田碧海)가 따로 없었다.

동창으로 간 강만리는 곧 부첩형을 비롯한 이십여 명의 무사를, 그리고 다시 금의위를 찾아가 어령부사 하첨동을 비롯한 이십여 명의 무사를 차출하였다.

강만리는 그렇게 오십 명 가량의 무사를 대동한 채 궁내를 보란 듯이 활보하며 서궁으로 향했다.

어젯밤에 벌어졌던 화재와 살육극의 흔적을 치우느라 바쁘던 친위군들이 그들을 보고는 황급히 고개를 숙이고 뒤로 물러났다.

황궁의 경비를 담당하는 그들에게 있어서 어젯밤의 모든 일은 그야말로 수치요, 굴욕이었다.

하지만 외려 그 비참한 현장을, 다름 아닌 동창과 금의위 무사들에게 보였다는 것이 그들에게는 더욱 수치와 굴욕으로 다가왔다.

강만리는 그런 친위군을 뒤로하고 장춘궁으로 들어섰다. 장춘궁을 지키던 위사들이 무의식적으로 창과 칼을 겨눴다가 강만리를 알아보고는 황급히 거둬들였다. 어젯밤 그 서슬 퍼렇던 백화의 군주를 대할 때와는 전혀 다른 모습들이었다.

"수고하네."

강만리는 가볍게 그들의 어깨를 두드리고는 곧바로 황후의 거처인 장춘궁으로 들어섰다. 팔자걸음으로 복도를 따라 걷는 그의 모습은 과연 무소불위(無所不爲) 그 자체였다.

복도를 따라 오가던 환관들과 궁녀들은 깜짝 놀라 길을 비켜서며 허리를 숙였다.

 강만리는 곧장 장춘궁 구석진 곳에 마련되어 있던 석빙고로 향했다. 문을 열고 들어서자 아직도 방 안에는 한기가 가득 차 있었다.

 제단 위 물품들이 아무렇게나 넘어져 있는 것이, 어젯밤 권화와 비천문 사람들의 짓인 게 분명했다. 제단 뒤의 관도 활짝 열려 있었다.

 방 안 곳곳이 헝클어져 있는 모습은 권화와 비천문 사람들 또한 경양 진인을 찾고 있었던 흔적이리라.

 "쉽게 찾을 수 있는 곳이라면 굳이 비밀 장소라고 하지 않았겠지."

 강만리는 방 전체를 둘러보았다.

 새로 개조한 방이니 벽 안쪽으로 얼마든지 비밀 창고 한둘 정도는 만들 수 있었을 것이다. 한 사람이 숨어들어 최소한 반년 이상 지낼 수 있을 정도의 공간과 식량이 갖춰진 창고.

 강만리는 벽을 따라 걸으면서 손가락으로 벽을 짚고, 쓰다듬고, 눌러 보고, 두드렸다. 머리 위쪽, 가슴 부근, 다리 부분까지 세밀하고 꼼꼼하게 살피며 확인했다.

 그렇게 한 바퀴를 맴돈 강만리는 가볍게 눈살을 찌푸렸다. 예상과는 달리 별다른 이상한 점을 발견하지 못했던 까닭이었다.

 반드시라고 해도 좋을 만큼 있어야 할 비밀 창고를 전혀 찾을 수가 없었다.

 "기이하군, 정말. 반드시 있어야 하는데."

 강만리는 입술을 깨물며 다시 방을 돌아보았다.

 제단이 있고, 관이 있었다.

 관에는 주건의 시신이 있었을 것이다. 경양 진인인 향로에 향을 꽂고 몇 가지 예식을 갖춘 다음 적당한 자리, 그러니까 제단 앞쪽에 가부좌를 틀고 앉은 다음 강시를 일으키는 주문을 외웠을 것이다.

 관이 열리고 주건의 시신이 일어났을 것이다. 태극천라강시는 생전의 기억을 지닌 강시, 주건은 그 기억을 토대로 경양 진인의 지시에 따라 방을 나서고 장춘궁을 빠져나갔을 것이다. 마침 서궁은 보화궁의 화재와 암습자들과의 싸움으로 정신이 없었을 테고.

 그 와중에도 경양 진인은 계속해서 이곳에 앉은 채 주건의 시신을 제어하고 조종했으리라. 강시와 의념이 맺어진 상태에서는 절대로 움직일 수 없는 게 일반적인 강시술이었으니까.

 거기에서 강만리는 고개를 갸웃거렸다.

 '아니지. 태극천라강시는 일반적인 강시가 아니잖아?'

 애당초 생전의 기억을 갖고 움직이는 강시라고 했다.

즉, 태극천라강시의 뇌리에 하나의 명령을 확실하게 주입했다면, 그 상태로 의념을 끊어도 되지 않을까?

강시와의 의념을 끊고 자리에서 일어나 마음대로 움직여도 되는 게 아닐까.

태극천라강시는 전대미문의 강시였다. 그런 만큼 일반적인 상례(常例)만으로 추측하면, 자칫 큰 실수를 범할 수도 있었다.

"만약 경양 진인이 강시와의 의념을 중단할 수 있다면…… 그 상태에서 강시는 강시대로 명령에 따라 움직이고 또 경양 진인인 경양 진인대로 마음껏 활보할 수 있다면……"

강만리의 눈빛이 반짝였다.

그러면 말이 된다.

백화 군주 권화와 비천문 사람들이 이곳을 급습했을 때 경양 진인을 찾을 수 없었던 건, 그가 이곳 어딘가의 비밀 장소에 숨어 있었던 게 아니라 이미 밖으로 도망친 후였기 때문이리라.

문을 닫고 걸쇠를 걸어 잠그는 일이야 약간의 기관장치를 동원하면 충분히 가능한 일, 그러니 밀실 운운할 것도 없었다.

그렇다면 지금 경양 진인이 도망친 곳은 어디일까. 어느 비밀 장소로 도망쳐서 몸을 숨기고 있을까.

강만리는 잠시 제단을 바라보다가 손을 대고 가볍게 밀

었다. 그러자 우르릉, 소리와 함께 제단이 밀려 나갔다. 강만리는 바닥을 발로 밟고 힘차게 굴렀다.

단단했다. 다른 곳과 전혀 소리가 다르지 않았다. 제단 아래의 바닥에도 비밀 창고는 없었다. 혹시나 했던 일말의 가능성도 사라진 것이었다.

강만리는 무심코 엉덩이를 긁적였다.

"역시 그곳일 가능성이 가장 크겠군."

강만리는 그렇게 중얼거리다가 문득 어령부사 하첨동을 돌아보며 지시를 내렸다.

"별채로 가서 벽린을 불러오도록. 아니, 벽린을 깨워서 아예 병부상서의 집으로 함께 오도록 하게."

일순 하첨동의 눈이 휘둥그레졌다.

"병부상서 말씀이십니까?"

"그래, 병부상서."

강만리는 고개를 끄덕이며 말했다.

* * *

이 시대 총 병력(兵力)의 수는 장부상 삼백만 명에 이르렀다. 물론 그중 대부분은 나라에 큰일이 있을 때마다 징집하는 징집병(徵集兵)이었고, 또한 장부상의 숫자와 현실에서 동원할 수 있는 인원의 수는 서로 다르기도 했다.

어쨌든 오군도독부를 위시하여 황궁 일대의 군사, 변경의 부대까지 해서 즉시 움직일 수 있는 병력은 대략 백만 정도였으니, 그래도 결코 그 수가 적다고는 할 수 없었다.

 그 백만대군의 총대장이자 지휘관은 물론 황제였다. 하지만 황제가 직접 나서서 그들을 지휘할 수 없었으니, 일반적인 경우에는 중앙의 병부(兵部)가 그들을 관리하고 지휘하고 편성하는 책임을 맡았다.

 즉, 육부(六部) 중 병부는 이 나라의 모든 군사를 총괄하는 곳이었으며, 병부상서(兵部尙書)는 그 병부의 우두머리였다.

 현 병부상서는 평락백(平樂伯)의 지위를 가졌으며, 성씨는 진(陳), 이름은 숙회(肅匯)라는 인물로 무엇보다 황후의 숙부인 자였다.

 그는 지난 수십 년간 병부상서로 재임하면서 언제나 황후의 든든한 배경이 되어 주었으며, 또 한편으로는 황후의 길잡이가 되어 주기도 하였다.

 황후에게 모산파와 고묘파 도사들을 소개한 것도, 주건의 시신을 되살리는 방법이 있다는 걸 전해 준 것도 역시 다름 아닌 병부상서 진숙회였다.

 지난날 화군악은 홀로 황궁을 찾았다가 '삼황자의 귀신 소동'을 해결하기 위해 곤녕궁으로 잠입한 적이 있었다.

 당시 화군악은 곤녕궁에서 황후와 진숙회가 나누는 밀

담을 엿들었으며, 이후 황태자 주완룡에게 그리고 강만리에게 전해 준 바가 있었다.

강만리는 당시 그 이야기를 잊지 않고 있었다.

그래서 강만리는 진숙회가 경천회의 인물 중 하나임을 알고 있었고, 소부 곽우중과의 연결 고리를 통해서 이른바 칠인회(七人會), 혹은 칠성회(七星會)라고 하는 조정의 일곱 중신의 모임까지 따라잡을 수 있었던 것이었다.

한편 경양 진인이 장춘궁의 석빙고에 없다는 사실을 확인하자마자 강만리는 바로 진숙회를 떠올린 건 너무나도 당연한 일이었다.

진숙회는 황후에게 모산파, 고묘파 도사들을 소개해 준 인물이니만큼, 당연히 경양 진인이 도망쳐 몸을 숨길 장소는 바로 진숙회의 장원밖에 없을 테니까.

3. 하늘과 땅 사이 유일한 꽃

황궁무고를 나선 이후 진숙회는 곧장 궁궐을 벗어났다. 그가 궁밖에서 기다리고 있던 가마에 올라타자, 시종과 호위무사들이 일제히 큰 소리로 외치기 시작했다.

"평낙백 병부상서의 행차이시오!"

그들이 병부상서라는 품직보다 평낙백이라는 작위(爵

位)를 먼저 입에 올린 건 그만큼 이 시대에서 작위의 위명이 드높기 때문이면서, 또한 진숙회가 품직과 작위 중 어느 쪽을 더 좋아하는지 알려 주는 대목이기도 했다.

원래 황제가 하사하는 작위는 그 목적과 작위를 받는 사람 등에 따라서 상당히 많은 갈래로 나눠진다.

황제의 아들이나 형제에게는 친왕(親王)의 작위를 내리고, 친왕의 아들에게는 군왕(郡王)을 봉했다.

공신에게는 국공(國公), 후(候), 백(伯)의 삼등작(三等爵)을 수여했는데, 또 한편으로 황제의 외척(外戚)에게도 삼등작을 수여했다.

공신의 삼등작은 세습이 가능했으나 외척의 삼등작은 그러하지 못했으니, 결국 황제의 외척은 단 한 세대만 그 영광을 누릴 수가 있었다.

병부상서 진숙회는 황제의 부인인 황후의 숙부로, 당연히 황제의 외척이었으며 그로 인해 평낙백이라는 작위를 받을 수가 있었다.

진숙회는 그 평낙백이라는 작위가 가져다주는 무형(無形)의 영광이 자신의 대에서만 끝나는 게 너무나 아쉬웠고, 그래서 대를 이어 세습할 수 있는 작위를 원했다.

숙부의 간절한 바람을 알고 있는 황후는 때때로 황제에게 간언하고 설득해서 공신(功臣)의 작위를 하사해 달라고 부탁하였으나, 황제는 매번 황후의 청을 거절하였다.

어쩌면 진숙회가 경천회라는 조직의 일원이 된 건 바로 그러한 이유에서일지도 몰랐다.

 이미 아침이 밝았고, 이른 아침부터 물건을 사고파는 사람들, 일하러 나선 이들로 북경부 거리는 많은 인파로 가득 찼다.

 하지만 그들은 "평낙백 병부상서의 행차이시오!"라는 소리가 들릴 때마다 황급히 한쪽으로 비켜서서 허리를 굽혔다. 그리고는 그 소리가 멀어져서 이윽고 들리지 않을 때까지 그 자세로 가만히 서 있다가 부랴부랴 움직이기 시작했다.

 황궁에서 서쪽 대로를 따라 반 시진 정도 이동하자, 거리는 한산해졌고 풍경이 좋은 한적한 마을이 보였다.

 그 마을 중앙에 자리 잡은 채 전체를 아우르는 거대한 장원, 바로 그곳이 진숙회의 장원인 평낙원(平樂院)이었다.

 사오 층 건물이 수십 채나 들어서 있는, 언뜻 보면 황궁과 비견될 정도로 거대한 장원에 들어선 교자는 건청궁의 광장처럼 드넓은 앞마당을 지나 내당(內堂)으로 향했다.

 교자가 몇 개의 월동문(月洞門)을 지나서 도착한 곳은 평낙헌(平樂軒)이라는, 전대(前代) 황제가 하사해 준 현판이 걸려 있는 삼 층 전각이었다.

 "별일 없고?"

교자에서 내린 진숙회는 쪼르르 달려온 늙은 총관에게 물었다. 총관은 진숙회의 겉옷을 받아 주면서 얼른 대답했다.

"아무 일도 없었습니다."

"그래야지."

진숙회는 평낙헌의 대청으로 들어섰다. 넓은 대청에 마련된 탁자에는 이미 연락을 받고 준비한 듯한 아침 식사가 상다리 휘어지게 차려져 있었다.

탁자 한쪽에 진숙회의 부인으로 여겨지는 늙은 여인이 앉아 있다가 몸을 일으키며 그를 반겼다.

"어서 오세요. 딱 맞춰서 국이 나왔어요."

진숙회는 혀를 차며 맞은편 자리에 앉았다.

"불과 몇 점 먹지 않을 아침 식사에 이렇게 많은 음식을 차리는 건 낭비라고 하지 않았소?"

늙은 부인이 웃으며 말했다.

"걱정하지 마세요. 당신이 먹은 후에는 다른 아이들이, 그리고도 남은 건 하인이나 시녀들이 다 처리하니까요."

"흠, 그렇다면야."

진숙회는 젓가락을 들며 말했다.

"어쨌든 나라 살림이 힘든 요즘이오. 최대한 낭비를 금하고 아껴서 나라의 살림에 보탬이 되도록 해야 할 것이오."

"명심하겠어요, 나리."

늙은 부인이 웃으며 농을 하듯 말하다가 문득 고개를 갸웃거리며 입을 열었다.

"참, 듣기로는 황후 마마께 변괴가 생겼다고 하는 것 같던데…… 사실인가요?"

막 고기 한 점을 집어 먹으려던 진숙회의 젓가락이 멈췄다. 그는 아내를 돌아보며 되물었다.

"그런 이야기는 어디에서 들었소?"

"어디에서 듣기는요? 북경부 내에 소문이 쫘악 퍼졌던데요? 인근 군대와 병졸들이 대양산으로 모여들고 있다고, 또 대양산에 산불이 일어나서 수천수만 명이 목숨을 잃었다고요. 그리고 대양산은 황후 마마께서 즐겨 찾는 봉헌사가 있지 않던가요? 마침 이번에도 백일기도를 드리러 가신 걸로 알고 있는데요."

"흐음."

진숙회는 머뭇거리다가 낮은 한숨을 쉬며 입을 열었다.

"마마는 돌아가셨소."

"네?"

일순 노부인의 눈이 휘둥그레졌다. 진숙회의 말이 계속 이어졌다.

"황제 폐하께서도 오늘 새벽 붕어하셨소."

"네에?"

"그리고 폐하께서 유언을 남기시길, 차기 황제로 황태자를 지목하셨소."

"아아."

연달아 이어지는 놀라운 소식에 노부인은 정신을 차리지 못하는 모양이었다. 진숙회는 입맛을 잃었는지 젓가락을 내려놓으며 말을 이었다.

"아마 오늘이나 내일 황궁에서 나를 찾는 사람이 올지 모르오. 그대는 지금처럼 아무것도 모른 채 그들을 맞이하면 될 것이오."

일순 노부인의 눈빛이 희미하게 빛났다.

"설마……."

"아니오."

진숙회는 고개를 저으며 말했다.

"아무리 강만리라는 자가 머리가 뛰어나고 회전이 빠르다지만, 내가 그들과 관련이 있다는 걸 그리 쉽사리 알아차리지는 못할 것이오. 그저 어제 황궁에서 벌어진 사태의 수습을 하는 일련의 과정에 불과할 것이오."

"너무 마음 놓지 마세요."

노부인의 목소리는 다정하고 부드러웠으나 어딘지 모르게 엄하고 매서운 기가 담겨 있었다.

"듣자 하니 강만리라는 자, 뱃속에 능구렁이 열 마리를 가지고 다닌다고 하더군요."

"훗. 확실히 그자의 뚱뚱한 배를 보면, 그 정도 구렁이가 들어있을 법하지."

"아니, 당신은 강호 무림의 사람들이 얼마나 무섭고 집요한지 몰라서 그리 무시하고 있는 거예요."

"아니, 무시하지 않소. 내가 얼마나 당신을 무서워하는지 잘 알지 않소?"

"아이, 이이가 정말."

노부인이 눈을 흘겼다. 벌써 일흔 살은 족히 되어 보이는 노부인이었으나 그렇게 눈을 흘기자 젊었을 적의 아름다운 미모와 자태가 되살아나는 것만 같았다.

진숙회가 껄껄 웃으며 말했다.

"정말이지 병 주고 약 주고 다 하는구려, 당신은."

한참이나 웃던 진숙회가 문득 한숨을 쉬며 말했다.

"어쨌든 나는 강호 무림인들을 절대 무시하거나 쉽게 생각하지 않소. 당신이나 당신의 친인척들을 보면……."

그때였다. 대청 밖에서 총관이 크게 소리쳤다.

"황궁에서 어림창위의 총수 강만리라는 자가 오십여 명의 수하와 함께 찾아와 주인 나리를 뵙자고 합니다."

일순 진숙회는 물론 노부인까지 침묵했다.

호랑이도 제 말 하면 나타난다고 했던가. 강만리가 바로 그런 식으로 진숙회를 찾아온 것이었다.

"장원이 참 넓고 좋습니다. 안내하는 사람이 없었더라면 길을 잃어버릴 뻔했습니다."

강만리의 말에 진숙회는 미소를 지으며 손을 가리켰다.

"자, 앉으시오. 마침 식사 중이라. 참, 새벽부터 바쁘셨던 터라 아직 식사하지 못했을 텐데. 함께 드시구려."

"아니, 한밤중부터 바빴습니다. 어쨌든 감사합니다. 마침 배가 고팠거든요."

강만리는 사양하지 않고 자리에 앉으려다가 힐끗 노부인을 돌아보았다.

진숙회가 아차 하듯 소개했다.

"이쪽은 내 내자(內子)요."

강만리가 두 손을 모으며 인사했다.

"알고 보니 진 부인이셨군요. 만나서 영광입니다. 강만리라고 합니다."

진 부인이 웃으며 고개를 까닥였다.

"이이로부터 말씀 많이 들었어요. 머리가 뛰어나고 실력이 좋으신 분이라고요. 아! 수년 전의 황궁 연쇄살인 사건도 해결하셨다죠, 아마."

"그게 어찌 저 혼자 해낸 일이겠습니까? 많은 분의 도움이 있었기에 가능했던 일입니다."

강만리는 웃는 낯으로 말하며 자리에 앉았다. 그리고는 왕성한 식욕을 자랑하듯, 식탁 위에 차려진 온갖 음식들을 먹기 시작했다.

"으음, 이건 황궁의 식사보다 훨씬 맛있습니다. 아무래도 황궁의 음식은 간도 약하고 맛도 정갈해서…… 역시 우리에게는 자극적인 음식이 입맛에 맞죠."

"그래서 늘 이이를 혼낸답니다. 그 연세에 아직도 자극적인 음식을 좋아한다고요. 아직도 어린아이 입맛이라니까요."

진 부인이 혀를 차며 말하자 강만리는 쾌활한 표정을 지으며 말을 받았다.

"그건 진 부인께서 참으셔야 할 것 같습니다. 사내는 늙어도 어린아이이이니까요."

진숙회가 옳거니! 하듯 말을 받았다.

"그 보시게. 사내는 다 똑같다고 하지 않소? 나만 특별하게 다른 게 아니란 말이오."

진 부인이 콧잔등을 찡그렸다.

"남자들 아니랄까 봐 꼭 이럴 때는 같은 편을 든다니까요. 뭐 할 수 없죠. 지금 나는 혼자이니까. 두 분 남정네들끼리 맛있게 식사하세요. 저는 잠시……."

진 부인이 웃으며 자리에서 일어났다.

강만리는 무심코 그녀가 대청 밖으로 걸어 나가는 뒷모습을 지켜보았다. 진숙회가 그걸 보고 웃는 낯으로 말했다.

"나이가 들기는 했지만 아직도 뒷모습은 어린 처자 같지 않은가?"

"네? 아, 네. 그게 그러니까……."

졸지에 남의 부인 뒷모습을 훔쳐본 꼴이 된 강만리는 살짝 당황하면서 헛기침을 했다. 그리고는 말을 돌리지 않고, 사실 그대로 이야기했다.

"아니, 걷는 보폭이 일정하고 안정되어 있으며 중심이 낮게 잡혀 있는 걸 보니 아무래도 무공을 익히신 게…… 그것도 상승의 무공을 익히신 고수가 아닐까 하는 생각이 들어서 말입니다."

"호오."

진숙회는 감탄하듯 눈을 휘둥그레 뜨며 말했다.

"뒷모습만으로 그게 보이시나? 무림인들은 다 그렇게 서로를 알아보나 보군그래."

"아, 아뇨. 워낙 균형이 좋으셔서요. 그건 그렇고 진 부인께서 무림인이셨나 봅니다, 방금 말씀하신 걸 보면."

"흠. 소싯적에는 강호에서 제법 이름을 떨쳤다고 하더군. 나야 잘 모르지만, 뭐 어쨌든 젊었을 적 산적에 포위당했다가 우연히 내자 덕분에 목숨을 구할 수 있었고, 그 인연으로 지금껏 함께 살고 있다네."

"아, 그러셨군요. 혹시 실례가 되지 않는다면 과거 무림에서 활동할 당시의 별호라도 알 수 있겠습니까?"

"글쎄. 나는 그런 것에 별 관심이 없어서. 나중에 내자가 다시 돌아오면 그때 직접 물어보시게. 자, 마저 식사하지. 음식 다 식겠네."

진숙회와 강만리는 마치 사이좋은 부자(父子), 혹은 조손(祖孫)처럼 식사를 즐기며 담소를 나눴다.

이윽고 그들이 식사를 마칠 무렵, 진 부인이 직접 다과를 내왔다. 시녀들이 식탁을 치우는 가운데, 세 명은 자리에 앉아서 차를 즐기고 과자를 먹었다.

그야말로 한가롭고 정겨운 아침 밥상이었다.

강만리가 눈치를 보다가 진 부인에게 물었다.

"그런데 말입니다. 진 어르신의 말씀을 듣자니 과거 강호의 여걸이셨다더라고요?"

진 부인이 손을 들어 입을 가리며 웃었다.

"정말 별걸 다 말씀하셨네요. 처음 보는 사람에게는 거리를 두는 양반인데, 어쩜 이렇게 두 분 궁합이 좋으실까."

"그러니까 말이오. 마치 잃어버린 내 아들이나 손주를 만난 것 같지 뭐요?"

"저도 문득 그런 생각이 들었습니다. 할아버지가 살아계신다면 진 어르신 같지 않을까 하고요."

"그리 생각해 주니 고맙네요. 그래요. 이이와 혼인하기 전에는 강호의 여인이었어요."

"당시 별호가……."

"보잘것없는 실력에 거의 무명(無名)에 가까웠던 시절인지라 별호를 입에 올려도 알지 못할 거예요."

진 부인이 돌려서 거절했지만 강만리는 의외로 집요했다.

"그래도 혹시 모르잖습니까? 진 부인의 연배라면 제 스승들과도 친분이 있을지 모르니."

"아, 스승들이 계셨나요?"

"네. 그분들은 저를 제자로 생각하지 않으시겠지만."

강만리는 머쓱한 표정을 지으며 머리를 긁적이다가 입을 열었다.

"혹시 곤륜노군(崑崙老君)이라고 들어 보셨습니까? 제 선사(先師)이십니다."

"곤륜노군…… 아! 부도옹(不倒翁) 곤륜노군 말인가요?"

잠시 생각하던 진 부인이 깜짝 놀라며 물었다. 강만리는 고개를 끄덕이며 속으로 중얼거렸다.

'사부의 별호를 빌린 죄, 용서해 주십쇼.'

강만리는 그렇게 죽은 유 노대에게 사과한 다음, 다시 진 부인을 향해 말했다.

"저도 나름대로 정파(正派)라면 정파의 사람입니다. 그러니 진 부인께서는 다른 걱정하지 마시고 별호를 말씀해 주셔도 됩니다."

진 부인은 잠시 망설이면서 진숙회를 돌아보았다. 진숙회가 고개를 끄덕이며 말했다.

"뭐 이제는 다 잊힌 별호일 텐데, 상관없지 않겠소?"

진 부인은 그제야 용기가 난 듯, 부끄럽다는 표정을 감추지 못한 채 말했다.

"과거, 아주 오래된 예전에는 나름대로 예쁜 구석이 있었다고 일화(一花)라는 별호로 불렸답니다. 하늘과 땅에 오직 하나뿐인 꽃이라는 의미로 말이에요. 아휴, 남우세스러워라."

진 부인은 부끄러워 어쩔 줄 모르겠다며 몸을 틀었다.

일흔이 넘은, 백발의 노부인이 그렇게 행동하는 게 언뜻 나잇값 못하는 행동처럼 보일 수도 있었지만 이 진 부인은 전혀 그렇지 않았다.

고고하면서도 우아하고 현숙한 모습이 역력한 것이, 그야말로 고귀한 분위기가 역력했다.

그야말로 험한 강호 무림에서 젊은 시절은 보냈던 게 믿어지지 않을 만큼, 평생을 명문대가(名門大家)에서 나고 자라 온 여인과도 같은 분위기가 그녀에게서 물씬 풍기고 있었다.

3장.
여기 있다, 증거(證據)

동시에 대청의 문이 열렸다. 모든 사람의 시선이 그곳으로 향했다.
젊은 한 사람이 늙은 한 사람을 업은 채 대청 안으로 들어섰다.
그리고 젊은 사람은 업고 있던 늙은 사람을
아무렇게나 집어 던지며 허리를 숙였다.
"증거를 대령했습니다."

여기 있다, 증거(證據)

1. 쥐 한 마리

"그런데 말입니다."

강만리는 본론을 꺼냈다.

"황궁에서 살인극을 벌인 자들 중 몇몇이 도주한 행적을 뒤쫓다가 마침 이곳으로 몰래 숨어든 흔적을 발견했습니다. 폐가 되지 않는다면 잠시 장원을 수색해도 될까요? 놈들은 황태자 전하와 여러 비빈, 공주들을 살해하려던 악적들입니다."

강만리는 진숙회를 똑바로 바라보며 말했다. 진숙회도 강만리의 눈을 피하지 않은 채로 대답했다.

"그런 악적이 이곳에 잠입했다면 우리 위사들이 놓치

지 않았을 텐데?"

"그들은 무림인들입니다. 이른바 경천회라고 해서, 황실을 전복하고 새로운 황조를 세우려는 자들입니다."

"으음, 경천회라면 나도 들어 본 적이 있네. 과거 그대가 해결했던 역모 사건의 배후였지, 아마?"

"그렇습니다. 그들이 어젯밤 서궁에 불을 지르고 삼황자 주건의 시신을 이용하여 강시로 만든 한편, 암살자들을 황궁 곳곳에 풀어 난동을 부렸습니다."

"그들이 했다는 증거가 있나?"

"물론 증거는 확보한 상태입니다. 이제 그 우두머리들을 처단할 일만 남았습니다."

"그래? 그렇다면야 당연히 협조해야겠지. 얼마든지 수색하게. 그래도 나는 내 위사들을 더 믿지만, 어쨌든 황제 폐하까지 암살하려 했다는 자들이 이대로 무사히 북경부를 빠져나가게 둘 수는 없으니까."

"감사합니다. 그런데 한 가지 궁금한 게 있습니다만."

"무엇이든 물어보시게."

"제가 따로 말씀드리지 않았는데 어찌 놈들이 황제 폐하를 암살하고자 했다고 말씀하신 것인지요?"

"음? 자네가 조금 전 그리 말하지 않았나?"

"아뇨. 저는 황태자 전하와 여러 비빈, 공주들만 언급했습니다."

"그런가? 나는 황제 폐하까지 들은 것 같아서 말일세. 허허. 나이가 들면 이런 법이네. 들어야 할 건 듣지 못하고, 듣지 않은 건 들은 것 같고."

진숙회의 변명에 진 부인도 거들고 나섰다.

"그러니까요. 새벽에 황제 폐하께서 붕어하셨다고 해서 그런지 저도 경천회 무리가 황제 폐하를 암살하려 했다고 들은 것 같지 뭐예요."

강만리는 미소를 지으며 고개를 끄덕였다.

"그렇습니까? 그런 걸 보면 참 나이를 먹는다는 건 곤욕스러운 일이군요."

"흐음, 왜? 자네는 늙지 않을 것 같나? 자네도 내 나이 되면 똑같아질 걸세."

진숙회는 말을 마치고는 너털웃음을 흘렸다. 마침 그때 진 부인이 문득 뭔가 생각났다는 듯한 표정을 지으며 입을 열었다.

"아, 참. 며느리가 도와 달라고 한 게 있었는데 깜빡 잊고 있었네요. 죄송하지만 저는 먼저 자리를 뜰 테니 두 분은 더 대화를 나누세요. 실례합니다."

진 부인은 강만리에게 정중하게 사과했다. 강만리도 황급히 일어나 맞절을 하며 말했다.

"아닙니다. 괜한 시간을 빼앗은 제 잘못이 크죠. 어서 가 보십시오."

진 부인은 양해의 말을 구한 다음 하녀들과 함께 대청을 빠져나갔다.
　강만리는 한숨을 쉬며 자리에 앉자, 진숙회가 고개를 갸웃거리며 물었다.
　"한숨은 무슨 이유인가?"
　"진 부인을 보고 있자니 문득 제 어린 마누라가 떠올라서 말입니다. 언제쯤 저런 우아한 기품을 갖춘 마나님이 될 수 있을까요?"
　"호오. 실례가 아니라면 지금 부인의 나이가……."
　"이제 스물여섯인가 그렇습니다."
　"이런, 도둑놈!"
　진숙회는 저도 모르게 소리치고는 크게 당황하여 얼른 손을 내저으며 얼른 말을 바꿨다.
　"아니, 아닐세. 괜한 말이 튀어나왔네. 잘못 말한 거니 전혀 신경 쓰지 말게나."
　"괜찮습니다. 늘 듣던 말이라서요."
　강만리는 외려 자랑하듯 어깨를 으쓱거리다가 갑자기 궁금하다는 표정을 지으며 물었다.
　"아 참, 진 부인의 처녀 적 성씨가 뭐였습니까?"
　"천씨(千氏)일걸 아마? 그건 왜?"
　"아뇨. 혹시 제가 아는 분일까 해서요. 하지만 천씨라니, 성이 전혀 다르네요."

강만리는 대수롭지 않다는 듯한 표정으로 웃으며 화제를 바꿨다.

"그럼 밖에서 기다리고 있는 금의위와 동창 무사들도 슬슬 지루해할 터이니, 그들에게 일러 최대한 예를 갖추고 정중하게 수색하라 하겠습니다. 조금 불편하시겠지만 부디 넓은 아량 부탁드립니다."

"허허. 마음껏 수색하시게. 악적을 찾는 일인데 당연하 마음껏 수색해야지. 암, 그렇고말고."

진숙회는 자리에서 일어나며 두 팔을 벌렸다. 어디 찾을 수 있으면 찾아봐라, 하는 듯한 모습이었다.

강만리는 씨익 웃으며 자리에서 일어나 대청 밖으로 걸어 나갔다.

그런 강만리의 뒷모습을 진숙회는 가만히 쳐다보았다. 아직도 미소가 매달려 있는 입가와는 달리 그의 눈에서는 예리하고 맹렬한 시선이 뿜어져 나오고 있었다.

오십여 무사와 평낙헌 앞마당에서 대기하고 있던 장예추는 문이 열리고 한 명의 노부인이 시녀들과 함께 나서는 걸 보고는 정중하게 허리를 숙였다.

노부인은 동창과 금의위 무사들을 바라보면서 부드러운 어조로 말했다.

"고생하시네요. 수고하세요."

무사들은 그 기품 어린 표정과 목소리에 황급히 고개를 조아렸다. 노부인은 그렇게 자리를 떠났다.

 장예추는 잠시 그 뒷모습을 지켜보다가, 그녀가 내당 안쪽으로 사라지자 이내 그녀의 뒤를 따라갔다.

 어령부사 하첨동이 그의 느닷없는 행동에 깜짝 놀라며 붙잡으려 했지만 이미 장예추는 월동문 안쪽으로 모습을 감춘 후였다.

 '이, 이런······.'

 하첨동이 어찌할 줄을 모르고 당황해할 때, 대청 밖으로 강만리가 걸어 나왔다. 그는 장예추가 사라진 걸 모르는 듯 하첨동을 향해 말했다.

 "다름 아닌 평낙백 병부상서 어르신의 댁이니만큼 최대한 정중하게 예우를 갖춰 샅샅이 수색하도록. 조금이라도 수상하거나 이상하다 싶은 건 바로 보고하기 바란다."

 하첨동은 장예추에 관한 이야기를 할까 말까 망설이다가 고개를 숙이며 명을 받았다.

 "자, 잠시만요."

 막 무사들이 조를 나눠 움직이려고 할 때였다. 총관이 평낙헌에서 달려 나와 그들을 멈춰 세웠다.

 "금의위와 동창분들이 길을 모를 수도 있고, 여러분들께서만 다니시면 다들 놀랄 수도 있으니 길 안내 겸 본 원의 무사들을 대동케 하라는 어르신의 말씀이 있으셨습니다."

'길 안내는 무슨, 감시겠지.'

강만리는 내심과는 달리 활짝 웃으며 말했다.

"그래 주시면야 감사할 따름입니다."

"이해해 주시니 감사합니다."

총관도 웃으며 말하고는 곧바로 주위를 둘러보며 크게 호령했다.

"다들 나와서 이분들을 잘 안내해 드리도록 하라!"

일순 관상목(觀賞木) 뒤에서, 석등 뒤에서, 전혀 사람이 숨어 있을 만한 공간이 아닌 곳에서 오륙십 명의 무사가 갑자기 튀어나왔다.

그 은잠술 하나만으로도 이곳 호위 무사들이 절대 만만치 않은 실력을 지녔음을 알 수 있었다.

동창과 금의위 일반 무사들은 미처 그들의 기척을 감지하지 못한 듯 상당히 놀란 기색이었다.

하지만 상급 무사들과 하첨동 같은 이들은 움찔하지도 않았다. 이미 자신들의 주변에 숨어 있는 그들의 기척을 눈치챘던 까닭이었다.

'하지만 이렇게나 많을 줄은.'

하첨동은 내심 중얼거렸다. 숨어 있는 기척이야 느꼈지만 그 수가 무려 육십 명 가까이 될 줄은 미처 몰랐던 것이었다.

'확실히 만만치 않구나.'

하첨동이 내심 그렇게 생각할 때, 강만리는 호들갑스럽게 떠들었다.

"길 안내로 이렇게나 많은 사람을 붙여 주다니, 정말 진 노공(老公)께 감사드린다고 꼭 좀 전해 주십시오."

"그리 전해 드리겠습니다."

강만리는 총관의 말을 귓등으로 들으며 하첨동에게 지시를 내렸다.

"장원이 크다. 오인(五人) 일조(一組)로 나눠서 수색하도록 하자. 아, 그리고 한 조는 나를 따르고."

강만리는 수행 무사들을 열 개 조로 나눠 사방으로 흩어져 수색하게 하였다.

그리고 자신은 다섯 무사와 역시 대여섯 명의 호원무사들과 더불어 다시 평낙헌으로 발길을 돌렸다.

총관의 눈이 휘둥그레졌다.

"펴, 평낙헌도 수색 대상입니까?"

강만리가 웃으며 말했다.

"장원 모든 곳이 수색 대상입니다. 설마 평낙헌이 장원 밖에 있는 전각은 아닐 테지요?"

"그, 그야……."

강만리는 떨떠름해하는 총관을 뒤로하고 큰 걸음으로 평낙헌을 향해 걸어갔다. 총관이 화들짝 놀라며 그 뒤를 따랐다.

 놀란 건 총관뿐만이 아니었다. 대청에 홀로 앉아서 차를 마시고 있던 진숙회 또한 강만리의 재등장에 깜짝 놀란 표정이 되었다.

 강만리는 정중하게 말했다.

 "이곳 수색은 제가 직접 맡기로 했습니다."

 "그, 그러게나."

 진숙회도 떨떠름한 표정을 감추지 못한 채 그리 말했다.

* * *

 오른쪽으로 세 번, 왼쪽으로 다섯 번, 그리고 다시 오른쪽으로 두 번을 돌렸다. 그러자 침소 한쪽 벽면을 가득 채우고 있던 벽장이 미끄러지듯 옆으로 밀려나며 벽 안쪽으로 좁은 공간이 드러났다.

 진 부인은 주위를 한 번 살피고는 서둘러 안으로 들어갔다.

 그리고 잠시 후, 그녀는 여전히 우아한 모습으로 그곳에서 나왔다.

 먼지라도 털 듯 가볍게 손을 털면서 빠져나온 그녀는 곧바로 벽장을 원래 위치로 돌려놓고는 침소 밖으로 걸어 나왔다.

침소 앞 회랑(回廊)에서 대기하고 있던 시녀들이 고개를 숙였다.

"주변에 아무도 없었더냐?"

진 부인의 물음에 그녀들은 공손하게 대답했다.

"쥐 한 마리도 없었습니다, 마님."

"알았다. 그럼 평낙헌으로 되돌아가자꾸나."

"예, 마님."

시녀들의 대답을 들으며 걸음을 옮기던 순간, 진 부인은 갑자기 몸을 홱! 돌리며 회랑의 천장을 노려보았다.

어느새 그녀의 손에는 은장도 한 자루가 들려 있었고, 그 은장도는 거의 보이지 않을 정도의 속도로 날아가 회랑 천장 한구석에 제대로 꽂혔다.

찍!

은장도에 꽂힌 쥐 한 마리가 부들부들 떨다가 축 늘어졌다. 진 부인은 서늘한 눈빛으로 천장 주위를 둘러보고는 시녀들을 향해 나무라듯 물었다.

"쥐 한 마리도 없었다?"

시녀들은 더욱더 깊게 고개를 조아리며 사과했다.

"죄, 죄송합니다, 마님."

"안 그래도 요즘 들어 너희들이 너무 편안하게 지내는 것 같다 했다. 오늘부터 다시 수련을 시작하도록 해라.

본가(本家)에 있었을 때처럼 말이다. 알겠느냐?"

"알겠습니다, 마님."

진 부인은 시녀들을 향해 단단히 훈계한 다음 그녀들을 데리고 자리를 떴다.

잠시 후, 회랑 마루 아래에서 사람의 머리 하나가 쑥 올라왔다. 바로 진 부인의 뒤를 미행했던 장예추의 머리였다.

'놀랍구나. 내 기척을 느끼다니.'

장예추는 힐끗 고개를 들어, 조금 전까지 자신이 숨어 있던 회랑 천장을 쳐다보았다. 때마침 그곳을 지나다가 목숨을 잃은 애꿎은 쥐가 은장도에 꽂혀 있었다.

그 은장도를 쳐다보던 장예추의 눈빛이 한순간 반짝였다. 그는 곧 소리 없이 마루 위로 올라섰다. 그러고는 가볍게 도약하여 천장에 박혀 있던 은장도를 가볍게 뽑아냈다.

툭! 하고 쥐가 떨어지는 걸, 회랑 바닥에 내려선 장예추가 가볍게 걷어찼다. 걷어차인 쥐는 허공을 날아가 회랑 밖 수풀 사이로 떨어졌다.

그렇게 흔적을 없앤 장예추는 조심스레 은장도를 품에 넣고는 굳게 닫힌 방문을 가볍게 열고 침소 안으로 들어섰다.

그는 망설이지 않고 벽장 맞은편으로 걸어갔다. 그리고

조금 전 진 부인이 그러했듯이 벽에 걸린 조그만 액자를 오른쪽으로 왼쪽으로 다시 오른쪽으로 돌렸다.

그 순간 액자 맞은편 벽장이 미끄러지듯 열렸다.

2. 하늘과 땅 사이에 유일한 꽃

모든 수색이 끝난 건 무려 해가 뉘엿뉘엿 질 무렵의 일이었다.

그보다 훨씬 이전에 평낙헌의 수색을 마친 강만리는 대청 탁자에 앉아서 진숙회 내외와 더불어 차를 마시며 이런저런 대화를 나눴다.

의외로 말이 통하고 나누는 대화가 즐거워서 세 사람은 시간 가는 줄 모르고 오랫동안 담소를 즐겼다.

수색을 마친 조들이 하나씩 찾아와 보고하기 시작했다. 하첨동을 마지막으로 모든 조의 보고가 끝났다.

"아무것도 찾을 수가 없었습니다."

하첨동의 그 귀엣말을 들은 것일까. 진 부인이 잔잔히 웃으면서 말했다.

"누군가 침입했다면 우리 호원 무사들이 가만히 있지 않았을 거예요."

강만리는 고개를 끄덕였다.

"확실히 호원 무사들의 무위가 대단한 것 같더군요. 심지어 무림의 명문거파(名門巨派)에서 수련한 것처럼 품위까지 넘치더이다."

"그런가요? 거기까지는 잘 모르겠는데 어쨌든 좋게 봐주셔서 고맙네요."

진숙회가 입을 열었다.

"어떤가, 그럼 시간도 늦었으니 저녁 식사라도 하고 가는 게?"

"아니, 그럴 수는 없죠. 지금까지 끼친 폐가 어딘데요. 게다가 황태자 전하께서도 제 보고를 기다리실 터이니 이만 일어서야죠."

강만리가 자리에서 일어났다. 진숙회와 진 부인도 따라 자리에서 일어났다.

인사를 마친 강만리는 대청 밖으로 걸어가다가 문득 고개를 갸웃거리면서 뒤돌아보았다. 진씨 부부도 무슨 일이냐는 표정을 지었다.

강만리가 입을 열었다.

"혹시 들어 보셨습니까?"

진숙회의 눈이 휘둥그레졌다.

"뭘 말인가?"

"건곤가의 미친 늙은이가 그 나이에 어울리지도 않게 꽃다운 소녀와 혼인한다는 이야기 말입니다."

일순 진숙회와 진 부인의 눈썹이 찡그려졌다. 강만리는 계속해서 말을 이어 나갔다.

"건곤가의 그 변태 영감 나이가 몇이던가요? 최소한 일흔이 넘지 않았습니까? 그런데도 스물서너 살, 그야말로 꽃다운 나이의 처녀를 품에 안으려고 하다니. 그런 몰상식하고 탐욕스러운 늙은이가 세상에 또 누가 있겠습니까?"

"허험. 강호 이야기는 잘 모르네. 그러니 이만······."

"역시 핏줄이 천한 건 어쩔 수가 없나 봅니다. 아비가 그 나이까지 체면이라는 것도 모른 채 색을 탐하니까, 하나뿐인 아들 녀석이 비명횡사하는 게 아니겠습니까? 그게 다 업보라는 겁니다. 못난 아비를 둔 아들의 업보인 게죠."

"허허. 우리가 어찌 그런 강호의 이야기를 알 수 있겠나? 애당초 강호의 일들은 흥미도 없고 관심도 없다네. 그러니 이제 그만하고 가 보도록 하게."

"어라? 진 부인께서는 원래 강호의 여인이지 않으셨습니까? 조금은 흥미가 있으실 거라고 생각했는데······."

"내자가 강호 일에서 손을 씻은 지 벌써 반백 년이 넘게 흘렀네. 그러니······."

진숙회는 어떡해서든 강만리가 입을 다물고 이곳에서 나가게 하려고 했지만, 강만리는 조그만 눈을 멀뚱거리면서 진 부인을 바라보며 계속 말을 이어 나갔다.

"어쨌든 그 아들 녀석, 아! 이름이 휘수라고 했던가요? 그 녀석은 정말 잘 죽었습니다. 만약 지금껏 살아 있었다면 제 부친이 자신보다 어린 처녀를 아내로 삼는 걸 보게 되었을 게 아닙니까? 그 어린 처녀를 어머님이라고 불러야 했을 게 아닙니까?"

"허어! 관심이 없다는데 왜 이리 말이 많은가!"

진숙회가 마침내 격노하여 소리쳤다.

"쓸데없는 말은 이제 그만하고 이만 가 보도록 하게!"

하지만 강만리는 유들유들한 표정을 지은 채 진 부인을 똑바로 바라보며 입을 열었다.

"처녀 적 성씨가 천씨라고 하던데, 맞습니까?"

강만리가 건곤가 이야기를 꺼냈을 때부터 지금까지 단 한 마디도 하지 않던 진 부인은 여전히 말없이 그를 바라보고 있었다.

우아하고 기품 넘치던 그녀의 얼굴은 한기가 서릴 정도로 서늘해졌으며, 그녀의 눈에서는 살기에 가까운 예기가 흐르고 있었다.

강만리는 엉덩이를 긁적이며 말을 이었다.

"안 그래도 일화(一花)라는 별호에 대해서 조금 의문을 품고 있었거든요. 대체로 일화 하면 강남일화라든지 무림일화라든지 해서 뭔가 앞에 지명 같은 게 따라붙어야 하지 않겠습니까? 그냥 일화라는 별호는, 제가 견문이 짧아서 그런지 생전 처음 들어 봤거든요."

"정말 이럴 건가!"

진숙회가 호통을 쳤다.

"계속 이렇게 무례하게 군다면, 허튼 말로 내 내자를 괴롭힌다면 내 절대 가만있지 않을 걸세!"

강만리는 상관하지 않고 계속해서 말했다.

"그래서 조금 고민해 봤습니다. 말씀하시기를 천하에 유일한 꽃도 아니고, 굳이 하늘과 땅 사이에 유일한 꽃이라고 하셨잖습니까? 하늘[乾]과 땅[坤]은 건곤(乾坤)이고, 건곤의 유일한 꽃이면 곧 건곤일화(乾坤一花)라는 별호가 되겠군요. 그런데 굳이 왜 건곤일화라는 별호를 감추려 하셨습니까? 뭘 숨기고 감추고 싶었던 겁니까?"

강만리의 질문에 진숙회는 더는 참을 수 없다는 듯이 고래고래 고함을 질렀다.

"여봐라! 밖에 아무도 없느냐? 이 무례한 자들을 썩 끌어내지 못할까!"

강만리는 오로지 진 부인을 바라보며 물었다.

"만약 천예무, 그 빌어먹을 늙은이에게 누이가 있다면 건곤일화라는 별호가 정말 잘 어울리지 않겠습니까?"

"허어! 뭣들 하느냐! 썩 이자들을 끌어내지 않고!"

진숙회가 발을 동동 구를 때였다.

"당신은 가만 계세요."

진 부인이 한 걸음 앞으로 나서며 손을 들어 진숙회를 진정시켰다. 그러고는 차분한, 냉정하면서도 살기 뚝뚝 묻어나는 목소리로 말했다.

"맞아요. 내가 그 빌어먹을 늙은이의 누이죠. 젊었을 때는 건곤일화라는 별호로 불리기도 했죠."

"역시."

"그런데 그게 무슨 상관이죠? 나는 이미 출가외인(出嫁外人), 이이와 혼인한 후 건곤가는 물론 강호의 모든 일에서 손을 끊었는데, 도대체 내가 무슨 죄를 지었기에 이리도 나를 곤란하게 만들려는 거죠?"

진 부인의 말은 이치에 맞았다.

하지만 강만리는 한 점 흔들림 없이, 외려 더 굳건한 표정을 지으며 말을 받았다.

"무슨 죄를 지었느냐고요? 네, 아주 큰 죄를 지었습니다! 죽을죄를, 아니 구족을 멸할 정도로 큰 죄를 지었습니다!"

진숙회가 다시 발끈했다.

"죽을죄라니! 지금 우리를 모함하는 게냐? 어디서 감히······."

"무엄하다!"

일순 강만리가 소리쳤다.

순간 대청이 쩌렁쩌렁 울렸다. 흙먼지가 후드득! 떨어져 내렸다. 적잖은 내공을 섞어 심등귀진박(心燈鬼陣搏)의 일갈(一喝)을 떨쳐 낸 것이었다.

무공을 모르는 진숙희는 물론이거니와 진 부인마저도 그 자리에 얼어붙은 듯 손가락 하나 까딱이지 못했다.

놀라고 당황한 건, 마지막 보고를 끝내고 미처 대청을 빠져나가지 못했던 하첨동 또한 마찬가지였다.

강만리의 일갈이 떨어지는 순간, 그는 보이지 않는 쇠사슬이 자신의 심장을 옭아매는 듯한 충격에 그만 정신이 아득해지고 숨조차 쉴 수 없었다.

빠르게 호흡을 가다듬으며 겨우 제정신을 차린 하첨동은 강만리의 두툼한 등을 쳐다보며 내심 경악했다.

'예전 무림에서 온 교두(敎頭)가 소리만으로 사람을 해치는 무공이 있다고 했을 때 세상에 그런 무공이 어디 있느냐고 비웃었는데……'

그런데 그게 사실이었다. 만약 강만리가 전력을 다해, 진심으로 사람을 죽이고자 했다면 저 일갈만으로 얼마든지 사람을 해칠 수 있었다.

하첨동은 새삼스러운 눈빛으로 자신의 우두머리인 강만리의 뒷모습을 지켜보았다.

강만리는 꼼짝하지 못하는, 혀까지 굳은 바람에 제대로 말도 할 수 없는 진숙희와 진 부인을 바라보며 싸늘한 어조로 말했다.

"나는 황제 폐하의 뜻을 이어받은 황태자 전하를 대리하여 이곳을 찾은 어림창위의 총수다! 그대가 황후 마마의 숙부이기에 그동안 예를 지켰으나, 애당초 그대 따위가 감히 함부로 나댈 상대가 아닌 것이다! 당장 그 오만한 무릎을 꿇도록 하라!"

강만리는 다시 소리쳤다.

진숙회는 그게 무슨 망발이라냐는 표정을 지었지만, 이내 두 눈을 크게 뜨면서 어찌할 바 모르는 얼굴로 천천히 무릎을 꿇기 시작했다.

감히 항거할 수 없는 거대한 무형(無形)의 힘이, 그의 전신을 억누르며 강제로 무릎을 꿇게 만들고 있었던 것이었다.

"그만하세요!"

진 부인이 남은 힘을 짜내어 소리쳤다. 역시 건곤일화라는 별호로 불렸던 적이 있었던 만큼, 그녀는 진숙회보다는 훨씬 더 강만리의 내공에서 자유롭게 말할 수가 있었다.

강만리는 서늘한 눈빛으로 그녀를 바라보며 입을 열었다.

"어림창위의 총수가 공무(公務)를 집행하는 와중에 누가 감히 함부로 입을 여는가?"

진 부인은 입을 놀리려다가 한순간 마음을 돌리고 힘껏 입술을 깨물었다. 이럴 때는 순순히 강만리의 말을 따르는 게 낫다는 생각이 든 까닭이었으리라.

강만리는 잠시 두 사람을 노려보다가 불쑥 소리쳤다.

"밖에 누가 없느냐?"

진숙회가 그리 외쳤을 때와는 달리, 이번에는 대청 밖에서 빠르게 대답이 들려왔다.

"신(臣) 장예추가 기다리고 있습니다."

강만리는 두 부부에게서 눈을 떼지 않은 채 물었다.

"일은 어찌 되었느냐? 보고하라."

장예추의 차분한 대답이 들려왔다.

"장원을 지키는 호위 무사 총 백이십칠 명 모두 행동불가(行動不可)의 상태로 만들었습니다. 총관 또한 입을 놀리지 못하게 해 두었습니다. 장원은 이제 무장해제(武裝解除)입니다."

'믿을 수 없다.'

내심 그렇게 고개를 저으며 중얼거린 건 하첨동이었다. 하첨동은 직접 호원 무사들과 함께 돌아다니면서 그들의 무위가 절대 자신 못지않음을 익히 알 수 있었다.

그런데 그런 고수들을, 단 혼자의 힘만으로 모두 행동불가 상태로 만들었다니. 과연 세상에 그만한 고수가 어디 있단 말인가? 도대체 얼마나 강해야 그런 일이 가능할까.

놀란 건 진숙회 또한 마찬가지였다.

본인의 의지와는 달리 무릎을 꿇고 있던 그의 얼굴이 새빨갛게 달아올랐다. 밖에서 들려온 이야기가 도저히 믿어지지 않는다는 얼굴이었다.

자신의 모든 무사들이 이렇게 소리소문 없이 움직일 수 없는 상황에 처하게 되다니.

하지만 또 그 이야기를 들어 보니, 왜 지금껏 자신이 그렇게 소리쳤음에도 불구하고 누구 하나 대답이 없었는지 알 수 있을 것도 같았다.

게다가 한 가지.

'강만리 저놈이 왜 이렇게 수색에 늑장을 부리나 했더니…… 알고 보니 내 호원무사들을 모두 해치울 때까지 기다렸던 모양이로구나.'

그제야 비로소 강만리의 속내를 파악한 진숙회가 이를 악물 때였다.

"도대체 무슨 죄를 지었느냐고 했느냐? 좋다! 내 일일이 말해 주지."

강만리가 계속해서 말했다.

"죄인 진숙회는 처가(妻家)인 건곤가와 공모하여 황제 폐하와 황태자 전하를 암살하고 자신이 권력을 차지하려 한 죄를 지었다. 인정하느냐?"

"그, 그게 무슨, 말도 안 되는……."

말을 더듬는 진숙회의 눈이 금방이라도 튀어나올 것만 같았다.

 그러나 강만리는 개의치 않고 계속해서 말을 이어 나갔다.

 "죄인 진숙회는 건곤가의 후원 아래 황후 마마와 공모하여 삼황자의 시신을 강시로 만든 죄를 지었다. 인정하느냐?"

 "그, 그게 말이 된다고……."

 "또한 죄인 진숙회는 칠인회 혹은 칠성회라는 이름의 조직을 결성하여 현 황제를 암살하고 황태자를 폐하여 자신들이 조정의 지배자가 되고자 한 죄를 지었다. 인정하느냐?"

 "말도 안 되는 소리!"

 "칠인회는 평소 황궁무고를 칠인회의 회장(會場)으로 삼아서, 오로지 황제 폐하의 허락 없이는 그 누구도 드나들 수 없는 그곳을 자신들 마음대로 사용하는 죄를 지었다. 인정하느냐?"

 "어디서 그런 모함을!"

 "모함이라 했느냐? 이미 황궁무고의 관리와 경비 책임자들을 문초하여 모든 사실을 밝혀낸 상황이다. 심지어 사례태감이 이미 자백한 후이거늘, 아직도 모함이니 뭐니 하는 헛소리를 지껄이고 있는 게냐?"

강만리의 따끔한 호통에 계속해서 반항하던 진숙회는 이내 꿀 먹은 벙어리가 되고 말았다.

'사례태감이 자백을 했다니.'

도저히 믿을 수 없는 일이었다.

하지만 강만리의 지금 저 태도나 표정을 보건대, 절대 거짓말은 아닌 듯싶었다.

게다가 만에 하나 그의 손가락을 부러뜨리고 생치아를 뽑아내는 등의 고문을 했다면, 그 사례태감이 과연 끝까지 버틸 수 있을까 하는 의문도 들었다.

강만리는 좁쌀만 한 눈을 부릅뜨며 호통쳤다.

"이 모든 죄를 범해 놓고서도 부끄러움을 느끼지 못하다니, 이렇게 수치를 모르는 자가 또 어디 있단 말이더냐!"

강만리의 호령에 진숙회는 퍼뜩 정신을 차렸다. 그는 황급히 소리쳤다.

"나는 그 어떤 죄도 저지르지 않았다! 네가 말한 모든 게 추론에 불과하지 않느냐? 증거를 가져와라! 내가 그 죄를 지었다는 증거 말이다!"

"증거?"

강만리는 코웃음을 흘렸다.

3. 내 앞에 성역(聖域)은 없다!

"흐음. 증거라고 했나?"

강만리는 피식 웃었다. 그러고는 어깨를 으쓱거리며 말을 이었다.

"그렇다면 증거를 보여 준다면 그때는 오리발을 내밀지 못하겠군?"

진숙회는 뭐라 대답하려다가 황급히 입을 다물었다. 지금 상황에서는 어떤 식으로 대답해도 결국에는 제 발에 족쇄를 채우게 될 뿐이었다.

"예추는 증거를 가져오도록 하라!"

강만리는 대청 밖을 향해 소리쳤다.

동시에 대청의 문이 열렸다. 모든 사람의 시선이 그곳으로 향했다.

젊은 한 사람이 늙은 한 사람을 업은 채 대청 안으로 들어섰다. 그리고 젊은 사람은 업고 있던 늙은 사람을 아무렇게나 집어 던지며 허리를 숙였다.

"증거를 대령했습니다."

진숙회의 눈이 커졌다.

진 부인의 두 눈도 커졌다. 그녀의 손이 사시나무처럼 떨리고 있었다. 늙은이를 본 그녀는 큰 충격을 입은 듯하마터면 중심을 잃고 그 자리에 쓰러질 뻔했다.

강만리는 두 사람을 둘러보며 천천히 말했다.

"여기 있다, 증거."

늙은이는 바닥에 떨어진 채 죽은 듯 꼼짝도 하지 않았다. 누군가 짧고 날카로운 무기로 가슴을 찌른 듯, 붕대가 칭칭 감긴 가슴에서는 아직도 핏물이 뚝뚝 떨어지고 있었다.

그를 업고 온 젊은이, 장예추가 차분하게 말했다.

"나름대로 치료한다고는 했지만…… 어쨌든 제가 갔을 때는 이미 빈사지경(瀕死之境)이었습니다. 저보다 한발 먼저 그를 만난 사람이 손을 쓴 모양입니다. 아마 이 은장도의 주인이 아닐까 사료됩니다."

장예추는 품에서 은장도를 꺼냈다.

일순 진 부인의 안색이 급변했다. 지금 장예추가 들고 있는 물건은 침소 밖 회랑 천장에 있던 쥐를 관통했던 바로 그녀의 은장도였다.

진숙회도 그 은장도가 자신의 아내 것임을 이내 알아차렸다. 그는 은장도에 묻은 핏물을 보고는 그녀가 무슨 짓을 저질렀는지 순간적으로 이해했다.

'바보 같은 마누라! 수색의 손길이 집안까지 미치게 되자 초조해진 모양이었구나! 그래서 직접 경양 진인을 죽이기로 마음을 먹었던 것인지도…….'

진숙회는 내심 한숨을 쉬었다. 그때 진 부인은 서둘러

변명하려고 했다.

"그 은장도는 확실히 내 것이에요. 하지만 그 은장도에 묻은 피는……."

순간, 장예추가 이삼 장 거리를 격하고 단숨에 그녀에게 날아들어 혈도를 짚었다. 진 부인은 화들짝 놀라며 빠르게 보법을 밟으며 피하는 동시, 손을 뻗어 장예추의 손길을 가로막으려 했다.

그야말로 전광석화와 같은 움직임이었으나, 아쉽게도 장예추가 훨씬 빨랐다. 그녀가 막 보법을 밟고 움직이려는 순간, 이미 장예추의 손은 그녀의 마혈(麻穴)과 아혈(啞穴)을 동시에 짚고 있었다.

진 부인은 이내 뻣뻣하게 굳은 채 입술도 움직이지 못했다.

한때는 건곤일화라고 해서 강호에서는 나름대로 유명한 여걸(女傑)이기는 했으나, 그래도 이미 수십 년 동안 강호를 떠나 있던 그녀였다.

예전 실력에 반의반도 되지 않는 지금의 그녀로서는 홀로 호원무사 백이십칠 명의 혈도를 모두 짚은 장예추의 손길을 도저히 막을 수가 없었다.

그렇게 진 부인을 꼼짝 못하게 만든 장예추는 언제 그랬냐는 듯 다시 강만리의 뒤로 돌아와 조용히 시립해 있었다.

진숙회의 눈에 경악의 빛이 일렁거렸다.

그는 자신의 아내가 얼마나 고강한 무위를 지녔는지 누구보다도 더 잘 알고 있었다.

아무리 지난 수십 년 동안 수련을 등한시했다 하더라도 어쨌든 그녀는 천하의 건곤가 가주의 누이였다. 그런 그녀를 단 일초에, 저리도 가볍게 행동불가 상태로 만들다니! 도대체 이 강만리 일당은 얼마나 고강한 고수들이냔 말이다!

강만리는 빙긋 웃으며 아직도 무릎을 꿇고 있는 진숙회를 내려다보았다.

"증거를 가지고 오라고 해서 증거를 가지고 왔다. 왜 아무런 말을 하지도 못하는 게냐?"

"저, 저…… 저자는 아무런 증거가 못 된다!"

진숙회를 악을 썼다.

"네놈 말대로 저자는 내 장원에 몰래 숨어들었고, 그 사실을 우연히 알게 된 내자가 놈과 싸웠을 뿐이다!"

그는 고래고래 소리쳤다.

"당연하지 않겠느냐? 자신의 침소에 숨어든 낯선 이와 마주친다면 누구나 칼을 휘두르는 게 당연하지 않느냐? 그러니 나와 내자에게는 아무런 잘못이 없다! 저자가 죽은 건 정당방위란 말이다!"

"흐음. 아주 그럴듯한 변명이었다. 하지만 그 짧은 변명 속에서 벌써 세 가지나 허점을 드러낸 걸 보면, 그대는 내 생각보다 훨씬 멍청한 것 같구나. 하나."

강만리는 피식 웃으며 손가락을 폈다.

"우리가 그를 찾고 있는 건 진 부인도 잘 알고 있는 사실이 아니더냐? 만약 그대 말대로 우연히 그를 발견하고 싸웠다면, 그래서 놈을 해치웠다면 왜 그대로 우리에게 이야기하지 않았을까? 이렇게 전 장원이 쑥대밭이 될 정도로 우리가 헤집고 다니는데 말이다."

진숙회는 눈동자를 이리저리 굴리다가 소리쳤다.

"그, 그건 체면 때문이다! 평낙백 병부상서의 장원에 악적이 숨어든 사실이 알려진다면 세상 사람들이 뭐라 하겠느냐? 또 놈이 숨어들 때까지 발견하지 못한 내 호원무사들의 심정은 어찌 되겠느냐?"

강만리는 코웃음을 치며 말했다.

"그리고 두 번째, 이자가 발견된 곳이 침소라고는 누구도 말하지 않았는데 그대가 어찌 알고 있을까?"

"그, 그건……."

진숙회의 얼굴이 새파랗게 변했다. 아쉽게도 쉽게 변명할 말이 떠오르지 않는 것이었다.

강만리는 틈을 주지 않고 계속해서 말했다.

"마지막 셋째, 그대는 이자가 죽었다고 했지만 혼절했을 뿐 아직 죽지 않았거든. 자, 과연 이자가 깨어난다면,

자신을 죽이려 했던 진 부인에 대해서 뭐라고 이야기할까? 과연 그녀를 변호하려 들까, 아니면 사실대로 말할까? 흐음, 자못 기다려지는군그래."

진숙회의 얼굴은 새파랗다 못해 새까맣게 죽었다. 머릿속이 실타래 헝클어진 것처럼 혼란스럽고 어지러워 아무 생각도 나지 않았다. 그 어떤 변명도 쉽사리 떠오르지가 않았다.

강만리는 코웃음을 치며 싸늘하게 말했다.

"이자들을 포박하고 압송하라! 또한 장원의 모든 식솔과 무사들 또한 꽁꽁 묶어서 뇌옥에 가두라! 무공이 있는 자들은 모두 단전을 파괴하고, 손과 발의 근맥을 자르도록 하라!"

그의 명령은 공포에 가까웠다.

명령을 받은 하첨동이 곧바로 밖으로 달려 나갔고 장예추는 진 부인에게 다가섰다.

"아, 안 돼!"

진숙회가 격렬하게 소리쳤다.

하지만 장예추는 전혀 망설이지 않았다. 진 부인의 얼굴이 사색이 된 가운데 장예추는 가볍게 손을 뻗어 그녀의 아랫배를 짓눌렀다.

바로 단전이 머문 자리.

일순 진 부인이 처절할 정도의 표정을 지으며 입을 크

게 벌렸다. 하지만 이미 마혈과 아혈이 점해진 상태, 그녀의 입에서는 아무 소리도 들리지 않았다.

부들부들 경련을 일으키는 그녀의 사타구니를 타고 검은 핏물이 주르륵, 대청 바닥까지 흘러내리고 있었다.

그렇게 진 부인의 단전을 파괴한 장예추는 여전히 무심한 표정으로 천천히 검을 들었다. 그녀의 근맥까지 모두 잘라 버릴 심산이었다.

그의 검이 허공을 가르는 순간, 투둑! 소리와 함께 양 손목과 양 발목의 근맥이 잘려 나가는 소리가 유난히 크게 울려 퍼질 것이다.

그것으로 진 부인은 이제 홀로 설 수도, 식사할 수도 없는 완벽한 폐인(廢人)이 되고 말 것이다.

"자, 자백하겠다!"

진숙회가 눈물을 흘리며 부르짖었다. 처음으로 장예추의 동작이 멈칫거렸다.

"모, 모든 죄를 자백할 것이다! 그러니 부디 내 내자만큼은! 내자만큼은 더 괴롭히지 말아 다오!"

장예추는 무심한 눈빛으로 진숙회를 바라보았다.

"그러니까."

강만리는 가볍게 한숨을 쉬며 말했다.

"애당초 좋은 말로 할 때 들었으면 이렇게까지 서로 피곤하지 않았을 게 아닌가? 피도 보지 않고 말이지, 응?"

진숙회는 부들부들 떨면서 억지로 고개를 돌렸다. 그의 아내, 진 부인의 가랑이 사이에서는 아직도 검붉은 피가 뚝뚝 흘러내려 대청 바닥을 흥건하게 적시고 있었다.

진숙회는 이를 악물며 겨우 말했다.

"자백할 테니…… 내 아내만은 살려 주게."

"그건 내가 결정한 게 아니지."

강만리는 냉정하게 말했다.

"부디 황태자 전하께서 외조숙부(外祖叔父)와 외조숙모(外祖叔母)를 얼마나 깊이 생각하시는지, 그걸 바라는 게 나을 게다."

강만리는 잠시 생각하다가 문득 한없이 처연한 표정을 지으며 중얼거렸다.

"뭐 물론 자신의 외손자를 죽이려 했던 사람들이기는 하지만 말이야."

가만히 강만리의 말을 듣고만 있던 진숙회의 얼굴이 처참하게 무너지고 있었다.

* * *

그건 직접 보고도 믿을 수 없는 광경이었다.

해가 서편으로 뉘엿뉘엿 저무는 가운데 천하의 평낙백 병부상서의 장원에서 수백 명 사람이 포승줄에 꽁꽁 묶인 채 질질 끌려 나와 황궁으로 압송당하는 광경을, 도대체 어느 누가 제 눈을 몇 번이나 비비지 않고 볼 수가 있겠는가.

그들의 형색은 몰골이 아니었다. 머리는 봉두난발이 되었고 옷은 여기저기가 찢어졌으며, 손과 발에서는 핏물이 뚝뚝 떨어지고 있었다.

무엇보다 그 선두에 포박된 채 질질 끌려가는 두 노부부. 그들의 신분과 정체를 알아본 행인들은 자신들도 모르게 경악에 가까운 소리를 내지르고 말았다.

"저들은 병부상서 내외분이 아니신가?"

"아아! 도대체 무슨 죄를 저질렀기에……."

사람들의 뜨거운 관심은 그 압송 행렬의 모습이 순식간에 북경부 전역으로 퍼지게 만드는 기폭제가 되었다. 불과 이각도 되지 않아서 모든 북경부 사람들이 병부상서의 압송 소식을 전해 들을 수가 있었다.

그리고 칠인회의 회원 역시 당연히 그 소식을 전해 들을 수가 있었다. 소식을 들은 그들의 안색은 병부상서 진숙회가 보여 줬던 그대로, 처참하게 일그러졌다.

다른 사람도 아닌 병부상서였다. 황후의 숙부이자, 현 황태자의 외조숙부였다.

그런 병부상서를 강만리가 제일 먼저 치고 나선 이유는 깊이 생각해 보지 않아도 쉽게 알 수 있었다.

-내 앞에 성역(聖域)은 없다!

 강만리는 지금 그렇게 소리치고 있었다. 설령 상대가 황후의 숙부, 황태자의 외조숙부라 한들, 이렇게 처참한 몰골로 북경부 거리에 끌고 다니면서 죽음보다 더한 수치와 모멸감을 안겨 줄 수 있다는 자신감이었다.
 사례태감이니, 도독이니, 소부니 하는 품직이나 직계 따위, 자신에게는 아무런 걸림돌도 되지 않는다는 사실을 그렇게 증명하고 있는 셈이었다.
 그 사실을 깨달은 칠인회 회원들의 다음 행동은 그야말로 모두 제각각이었다.

4장.
가장 완벽한 거짓말

권력은 앵속(罌粟)보다 중독성이 강했다.
한 번 권력을 쥔 사람은 절대 그 맛을 잊지 못하는 법이었다.
그러나 이 사람은 달랐다.
이 사람은 권력을 쥐기 전부터, 권력을 쥐고 나서도,
권력의 맛을 흠뻑 맛보고도 언제고 황궁을 떠날 생각으로 가득 차 있었다.

가장 완벽한 거짓말

1. 물론 있습니다, 전하

만인의 눈길을 받으며 병부상서 내외와 모든 식솔을 황궁으로 압송하는 길에, 문득 하첨동이 강만리를 향해 조심스레 물었다.

"그런데 언제 사례태감에게 자백까지 받으셨습니까? 정말 대단하십니다."

강만리는 처음 들어 보는 소리인 것처럼 눈을 휘둥그레 뜨며 되물었다.

"응? 내가 사례태감에게 자백을 받았다고?"

이번에는 하첨동의 눈이 커졌다.

"조금 전 대청에서 병부상서에게 그리 말씀하지 않으

셨습니까?"

"아, 그랬나? 그거 거짓말일세."

강만리는 엉덩이를 긁적이며 대꾸했다. 하첨동은 한 번 더 놀란 얼굴로 물었다.

"거, 거짓말이셨습니까?"

"그래. 심문할 때는 상대의 틈을 파고들고 허점을 공략하려고 일부러 거짓말도 해야 하는 법이네. 물론 상대가 거짓말이라고 눈치채면 말짱 도루묵이기는 하지만. 그렇기 때문에 거짓말을 하는 것도 상당히 난이도가 높은 심문 수법인 게지. 상대가 전혀 눈치채지 못하게끔, 가장 큰 타격을 줄 수 있는 순간을 노려서 진실처럼 말해야 하니까 말이네."

"아……."

"기억해 두게. 진실 구 할에 거짓말 일 할을 섞으면 가장 완벽한 거짓말이 된다네. 그건 사람을 심문할 때도, 또 상대를 속일 때도, 그리고 믿고 있는 자에게 신뢰를 줄 때도 더없이 좋은 방법이라네."

"아……."

하첨동은 새삼스럽다는 표정으로 강만리를 바라보았다. 강만리는 개의치 않고 주변을 둘러보며 중얼거렸다.

"이 정도 인파라면 금세 소문이 퍼질 테고, 다른 여섯 명 모두 똑똑히 전해 들었겠군. 좋아. 과연 어떻게 나올까, 상당히 재미가 있겠어."

 강만리는 마치 장을 부른 후 상대가 말을 놓기를 기다리는 장기꾼처럼 흥미진진한 표정을 지었다.

 그건 그렇고, 졸지에 수백 명 죄인을 가두게 된 조옥(詔獄)에서는 그야말로 난리가 났다.

 어쨌든 병부상서 내외와 그 식솔들이었다. 만약 지금의 혐의가 벗겨져서 무죄로 판명이 날 경우, 뇌옥까지 그 뒷감당을 해야만 했다.

 그러니 옥장(獄長)은 어령창위의 총수 강만리의 비위도 건드리지 않고, 또 훗날 있을지 모르는 무죄 판결에 대비하여 병부상서의 심기도 건드리지 않아야만 했으니 그 난감함은 이루 말할 수가 없었다.

 옥장은 강만리와 한 번 만난 적이 있었다. 어령창위가 발족되기 한참 이전이었던 당시에도 강만리는 금의위의 지휘사인 기유동과 함께 조옥을 찾아와서 전대 독주 양옹을 꺼내 가는 권력을 행사했다.

 즉, 강만리는 아주 오래전부터 금의위의 지휘사, 동창의 독주 이상 가는 권력을 지니고 있었으며, 그게 지금에 와서 어림창위의 총수라는 직함으로 발현된 것이었다.

 '병부상서보다는 강 총수의 심기를 건드리지 않는 게 훨씬 타당하다.'

 그렇게 생각한 옥장은 곧 지하 이 층의 옥실(玉室)을

모두 비워 놓는 것으로 새로운 죄인들을 맞이할 준비를 시작했다.

한편으로는 지저분하고 더러우며 오물투성이였던 그곳을 깨끗하게 청소하고 새롭게 단장하는 것으로, 만에 하나 있을지 모르는 병부상서의 무죄를 대비하였다.

얼마 지나지 않아 수백 명의 죄인이 굴비 엮듯 포승줄에 줄줄 묶인 채 조옥을 방문했다.

옥장은 그들을 지하 이 층의 뇌옥으로 안내하면서 한편으로는 강만리와 인사를 나누기 위해 사방을 두리번거렸다.

하지만 아쉽게도 이 무리의 인솔자는 어령부사 하첨동이었다. 직급과 품계상 어령부사보다는 두어 계급 높은 옥장은 아쉬운 표정을 감추지 못한 채 하첨동에게 말을 건넸다.

"강 총수의 모습이 보이지 않는구려."

하첨동은 정중하게 대답했다.

"총수께서는 입궐하자마자 곧바로 황태자 전하께 보고하기 위해서 동궁 태자궁으로 발길을 옮기셨습니다."

'역시……'

옥장은 내심 고개를 끄덕였다.

강만리는 차기 황제 주완룡의 오른팔이었다. 당연히 그 누구보다 먼저 강만리의 심기를 살펴야 했으니, 병부상서를 지하 일 층이 아닌 이 층에 가둔 건 그야말로 탁월한 선택이라 할 수 있었다.

옥장이 그리 생각하며 스스로를 칭찬하고 있을 무렵, 강만리는 황태자 주완룡 앞에 무릎을 꿇은 채 상황 보고를 하고 있었다.

주완룡은 심각한 표정을 지은 채 강만리의 이야기에 귀를 기울이다가, 길게 한숨을 쉬며 나무라듯 입을 열었다.

"그렇다고 내 외조숙부, 외조숙모를 맨발로 압송한 건 은 너무하지 않았느냐?"

"아닙니다, 전하."

강만리는 대사형이라는 말을 단 한 번도 사용하지 않은 채 말했다.

"사람들에게 똑똑히 보여 줄 필요가 있습니다. 전하를 거스른 자는 설령 전하의 친인척이라고 할지라도 절대 용서하지 않는 모습을 말입니다. 또한 그런 전하의 단호한 의지는 곧 다른 여섯 중신의 연합이 절로 와해되는 촉매가 될 수 있으니까요."

"으음."

주완룡은 인상을 찌푸렸다.

물론 강만리의 말은 옳았다. 의도는 정확했으며 대책은 훌륭했다.

하지만 주완룡에게 있어서 진숙회는 자신의 어린 시

절, '아이구, 우리 조카 손주님.' 하면서 목말도 태워 주고, 엉금엉금 기면서 말이나 개처럼 우는 시늉도 하던 친절하고 다정한 외할아버지였다.

비록 칠인회의 일인이자, 경천회의 일원이기는 하지만 그래도 그 외할아버지가 세상 사람들에게 손가락질당하는 모습은 보고 싶지 않았던 것이었다.

그런 주완룡의 모습에 문득 강만리의 표정이 냉랭해졌다. 강만리는 한없이 무뚝뚝한 목소리로 말했다.

"병부상서 진숙회와 진 부인, 그 식솔들은 황제 폐하를 암살하고 황태자 전하를 살해하여 나라를 자신들의 것으로 만들고자 한, 나라의 역적들입니다. 그런 자들에게 전하의 개인적 감상을 덧씌워 불쌍하게 여기거나 안타깝게 생각하신다면…… 아뢰옵기 송구하나 전하는 황제가 될 재목이 아닌 겁니다."

"무례하오, 강 총수!"

일순 태자내관 공은탁이 깜짝 놀라 소리쳤다.

"아무리 강 총수라 할지라도 할 수 있는 말이 있고, 하면 안 되는 말이 있소이다!"

"괜찮다. 그만하라."

주완룡이 손을 내저어 공은탁의 흥분을 가라앉혔다.

강만리는 다시 입을 열었다. 그는 그 어느 때보다도 진지하고 진중한 모습으로 솔직하게 말했다.

"그건 병부상서에게만 국한되는 게 아닙니다, 전하. 만약 전하의 사제(師弟)들이 국법을 어기거나 권력을 남용하거나 혹은 역모를 꿈꾼다면, 전하께서는 가차 없이 그 사제들의 목을 베어 나라의 규율이 살아 있음을 세상에 알리시고, 또한 전하께서는 한 점 정 따위에 흔들리지 않는 분이시라는 걸 확실하게 보여 주셔야 합니다."

주완룡은 가만히 그를 내려다보다가 입을 열었다.

"그렇다면 지금껏 그대는 국법을 어기거나 권력을 남용하거나 혹은 역모를 꿈꾼 적이 없느냐?"

강만리는 시원하게 대답했다.

"물론 있습니다, 전하."

주완룡이 움찔거렸다. 곁에서 듣고 있던 공은탁을 비롯한 내관들도 그 예상하지 못한 답변에 다들 놀라고 당황한 표정을 지었다.

강만리는 망설이지 않고 말을 이어 나갔다.

"살아가면서 사소하게나마 나라의 법을 어기거나 무시하지 않고 살아가는 신민(臣民)이 얼마나 되겠습니까? 소인 역시 사천 성도부 포두 시절부터 지금까지 자의건 타의건 혹은 무의식적이건 여러 차례 국법을 어기고 또 무시했을 겁니다."

강만리의 말이 이어지는 동안 잔뜩 긴장하고 있던 환관들의 표정이 누그러지고 절로 한숨을 내쉬었다. 그건 주완룡도 마찬가지였다.

"그런 걸 묻는 게 아님을 잘 알고 있지 않느냐?"

그는 웃으며 말했다.

"지금 나는 그대의 목을 베어야만 할 정도의 국법을 어긴 적이 있거나 권력을 남용한 적이 있거나 혹은 역모를 꿈꾼 적이 있느냐고 물은 게다."

강만리는 천천히 고개를 들었다. 그리고 주완룡의 눈을 똑바로 쳐다보면서, 자신의 진심을 담아 이야기했다.

"소인은 지금껏 단 한 번도 황태자 전하를 생각하지 않은 채, 황태자 전하를 위하지 않는 일은 단 한 번도 해 본 적이 없습니다. 그게 국법이든, 권력이든 말입니다."

"흐음. 물론 역모도?"

"감히 그런 걸 꿈꿀 그릇이 되지 않습니다, 전하."

주완룡도 강만리의 눈을 똑바로 바라보았다.

강만리의 눈빛은 전혀 흔들리지 않았다. 올곧은, 오로지 주완룡에게 바치는 충성의 눈빛만 강만리의 그 조그마한 눈동자에서 흘러나오고 있었다.

"그럴 줄 알았다."

주완룡은 미소를 지으며 고개를 끄덕였다. 하지만 그는 곧 정색하며 말을 이었다.

"그러나 나를 위한다고 해서 자네 마음대로 행동하는 건 확실히 그 한계를 정해야 할 것이다. 한계를 넘어 행동하다가 자칫 나 역시 어쩔 도리 없이 자네의 손발을 묶고 모든 걸 빼앗아야만 할 수도 있으니 말이다."

"명심하겠습니다, 전하. 하지만 한 가지만 꼭 알아주셨으면 합니다."

"말해 봐라."

"소인과 소인의 형제들, 가족들이 행하는 모든 것은 오로지 전하를 위한 충정(忠情)에서 비롯한 것들입니다. 부디 그 사실을 잊지 말아 주시옵소서."

주완룡은 천천히 고개를 끄덕였다. 그러고는 한껏 부드러워진 표정을 지으며 다정하게 말했다.

"나도 안다. 그래서 더 조심하고 경계하라는 게다. 내가 자네들의 충정을 애써 외면하는 일이 없도록 말이다."

"명심하겠습니다, 전하."

강만리는 고개를 숙였다.

"전하는 황제가 될 재목이 아니라니요. 진짜 깜짝 놀라 심장이 멎는 줄 알았습니다, 강 총수."

태자궁을 나서는 길에 태자내관 공은탁이 강만리에게 말했다.

"하지만 또 강 총수 말고는 누가 감히 전하께 그런 직언을 올릴 수 있겠습니까? 앞으로도 우리 전하, 잘 부탁드립니다, 강 총수."

가장 완벽한 거짓말 〈123〉

공은탁이 두 손을 모으고 허리를 굽혔다. 강만리는 황급히 공은탁과 맞절을 하며 말했다.

"공 태관께서도 우리 전하, 잘 모셔 주십쇼. 우리야 일이 끝나면 황궁에서 떠나야 하는 몸. 공 태관의 책임이 막중합니다."

강만리의 말에 공은탁은 내심 감탄했다.

'대단하다. 이 정도 권력을 맛봤음에도 불구하고 황궁을 떠날 생각을 하고 있구나.'

권력은 앵속(罌粟)보다 중독성이 강했다. 한 번 권력을 쥔 사람은 절대 그 맛을 잊지 못하는 법이었다.

그러나 이 사람은 달랐다. 이 사람은 권력을 쥐기 전부터, 권력을 쥐고 나서도, 권력의 맛을 흠뻑 맛보고도 언제고 황궁을 떠날 생각으로 가득 차 있었다.

태생이 강호 무림인이기 때문일까. 송충이는 솔잎을 먹어야 한다고 생각하는 것일까. 아니면 자신이 여전히 이곳에 머물러 있는 것 자체만으로 황태자에게 누(累)가 되고 폐를 끼치는 거라고 생각하는 것일까.

공은탁은 언뜻 자신의 머릿속에 스며든 그런 상념을 흘려보내며 진지하게 대답했다.

"이 미천한 몸, 분골쇄신(粉骨碎身)의 각오로 전하를 모시겠습니다."

태자내관 공은탁은 그렇게 말하며 고개를 들었다. 때마

침 강만리도 허리를 펴던 참이었다. 강만리가 씨익 웃었다. 공은탁도 따라 미소를 지었다.

강만리는 몸을 돌려 휘적휘적 별채로 돌아갔다.

공은탁은 태자궁 앞에 서서 가만히 강만리의 뒷모습을 바라보는 것으로 그를 배웅했다.

이미 날은 어두워진 후였다.

2. 조족지혈(鳥足之血)

"병부상서와 그의 아내, 모든 식솔이 포승줄에 묶인 채로 북경부 거리를 걸어서 황궁으로 압송되었습니다."

"호원무사와 호위 무사 모두 손발의 근맥이 잘리고 단전이 파괴된 듯, 전혀 힘을 쓰지 못한 채 절름발이처럼 걷고 있었습니다."

"심지어 진 부인은 맨발이었습니다. 병부상서 또한 전혀 사정을 봐주지 않은 채 그 고령(高齡)에도 불구하고 장원에서 황궁까지 걸어가야 했습니다. 속하의 두 눈으로 똑똑히 지켜보았습니다."

수하들의 보고가 계속 이어지는 가운데 이부상서의 표정은 한없이 딱딱하게 굳어졌다.

'청성파 고수들이?'

병부상서 진숙회의 호위 무사들은 무림에서도 유명한, 소위 구파일방 중 한 곳인 청성파라는 문파에서 지원한 고수들이었다.

 그 청성파 고수들의 단전을 파괴하고 손발의 근맥을 자를 정도라면…… 도대체 놈에게는 얼마나 가공한 무위의 고수들이 달라붙어 있단 말인가.

 하지만 그 놀람은 잠시, 이부상서의 뇌리에는 '야단났다!'라는 생각으로 가득 찼다.

 '우리의 정체가 발각된 모양이로구나!'

 이부상서의 머릿속이 복잡해졌다.

 어떻게 발각되었는지는 나중에 생각해도 늦지 않을 일이다. 문제는 발각된 지금 이 상황을 어떻게 대처하느냐였다.

 소부 곽우중은 언제나 자신만만했다. 절대 정체나 신분이 발각될 리 없다면서 그 대비책 하나 마련하지 않았다. 아니, 어쩌면 자신만의 대비책은 따로 있을지도 몰랐다.

 '소부를 신경 쓸 때가 아니다. 지금은 내 앞가림이 더 중요하다.'

 이부상서는 저도 모르게 자리에서 벌떡 일어나 초조한 걸음으로 대청을 이리저리 걸었다.

 '황태자의 외조숙부를 그리 대할 정도라면 우리들이야…….'

평소 어림창위의 그 난폭한 행동에 비춰 보자면 아마 마주치는 그 자리에서 목을 벨지도 몰랐다. 그렇다고 이부상서의 호위 무사들이 저 청성파 고수들보다 강하느냐 하면 또 그렇지 않았다.

 그러니 놈들과 직접 부딪치는 일은 절대 없어야 했다. 차라리 황태자 앞에서 잡히는 게 나았다. 상대가 황태자라면 어떻게든지 속이고 빌고 해서 넘어갈 소지가 있었으니까.

 '하지만 지금 당장 황궁으로 들어갈 수는 없다.'

 어젯밤 이후로 황궁은 전시(戰時) 상황이었다.

 당연한 일이었다. 암습자들의 기습에 강시까지 나타났으니, 황궁을 지키는 모든 이들, 특히 황궁(皇宮) 친위군(親衛軍) 십삼군(十三軍) 전 부대가 황궁 주위를 경계하고 있었다.

 그리고 그들은 당연히 어림창위 총수인 강만리의 지시와 명령을 따르고 있을 터였다. 아마 칠인회에 해당하는 중신들을 보는 즉시, 포승줄로 꽁꽁 묶어 조옥으로 압송하라는 명령이 떨어졌을 것이다.

 이부상서는 입술을 깨물었다.

 '차라리 다른 여섯 동료와 힘을 합쳐 정면으로 부딪치는 게 나을지도.'

 혼자의 힘이라면 조족지혈(鳥足之血)이나, 여섯의 힘이

하나가 된다면 능히 십만 대군의 위력을 발휘할 수 있었다. 특히 소부 곽우중의 군사라면, 그의 병력이라면…….

'역시 소부를 찾아가는 게 최선의 방법일 것 같다.'

결단을 내린 이부상서는 수하들을 향해 빠른 어조로 지시했다.

"최정예 부대를 결성하라. 그리고 내 가족과 함께 소부의 장원으로 향한다. 상황이 좋아질 때까지 그곳에 잠시 몸을 의탁해야 할 것 같구나."

"명을……."

수하들이 일제히 대답하려 할 때였다.

"아악!"

"누구냐! 신분을 밝히고…… 아악!"

요란한 비명 소리가 장원의 정문 쪽에서 들려오는가 싶더니, 순식간에 정문을 지나 앞마당, 그리고 본당으로까지 그 소란이 이어졌다.

수많은 횃불이 이리저리 몰려다니며 어두운 밤 공간을 밝히는 모습이, 내당 깊은 이곳에서도 보일 지경이었다.

"무, 무슨 일이냐?"

이부상서가 놀라 소리쳤다.

사람이 죽을힘을 다해서 뛰어오는 것보다 훨씬 빠른 속도로 비명이 연달아 이어지는가 싶더니, 이부상서가 당혹한 외침을 토할 때는 벌써 내당 안쪽에서까지 비명과 고함이 요란하게 울려 퍼졌다.

쾅!

누군가 본당에서 내당으로 이어지는 월동문을 발로 걷어찬 듯 요란한 소리와 함께 두꺼운 문이 산산조각 박살이 났다.

그리고 한 중년 사내가 거침없이 안으로 걸어 들어왔다. 그 뒤로 한 손에는 횃불을, 그리고 다른 손에는 칼과 검 등 무기를 꼬나든 수십 명의 무사가 창백하게 굳은 얼굴을 한 채 조심스럽게 따라 들어왔다. 바로 이부상서의 장원 일대를 지키던 호원 무사들이었다.

그들은 감히 중년 사내에게 덤벼들 엄두가 내지 않는 듯, 그렇다고 마냥 도망치기에는 자존심이 허락하지 않는 듯한 표정을 지은 채 중년 사내와 적당한 거리를 유지하며 따라붙었다.

덕분에 중년 사내는 아무런 제지를 받지 않은 채 성큼성큼 내당으로 걸어올 수 있었다.

이부상서는 중년 사내를 노려보았다. 낯이 익은 것 같기도 하고, 생전 처음 보는 얼굴인 듯싶기도 했다.

일순 대청 앞에서 부복하고 있던 심복들이 몸을 돌려, 그리고 내당 곳곳에 머물러 있던 호위 무사들이 빠르게 달려 나와 중년 사내의 앞을 가로막았다.

"네놈은 누구냐?"

"이곳이 어디인 줄 알고 함부로 난동을 부리는 게냐?"

심복과 호위 무사들은 빠르게 칼을 꺼내 들며, 여전히 일정한 걸음걸이로 무심하게 다가오는 중년 사내를 향해 소리치며 덤벼들었다.

그들은 비록 청성파의 고수들과는 비교할 수 없지만, 나름대로 이 바닥에서 뼈가 굵은 무사들로, 어지간한 칼잡이 정도는 단 일격에 해치울 수 있는 무위를 지니고 있었다.

그들이 휘두르는 칼에서 맹렬한 바람이 일고, 그들이 내뻗는 검에서 일직선의 선이 그어졌다.

그렇게 그들의 공세에 중년 사내가 순식간에 수십 토막으로 잘려 나가려는 찰나!

"멈춰라!"

묵직한 목소리가 그들의 등 뒤에서 터졌다. 무사들은 황급히 칼과 검을 거둬들이며 빠르게 뒤로 물러나고는 곧 소리친 자를 향해 고개를 숙였다. 그중 몇몇 이들이 아깝다는 듯한 목소리로 물었다.

"왜 말리셨습니까? 반드시 놈을 죽일 수 있었는데 말입니다."

두 자루의 칼을 허리에 찬 사내가 중년 사내를 향해 걸어 나가며 중얼거렸다.

"너희는 상대가 되지 않는다."

워낙 희미한 목소리였기에 사내의 수하들은 미처 그 말을 듣지 못했다.

"그래, 자네가 나선다면 쉽게 끝나겠군."

이부상서가 그를 보고는 진심으로 반가운 표정을 지으며 고개를 끄덕였다. 이부상서의 얼굴에는 그를 진심으로 신뢰하고 있다는 표정이 역력했다.

그렇게 수하들을 물리고 중년 사내 앞을 가로막고 우뚝 선 이 사내는 호위장(護衛長) 위동천(魏動天)이었다.

그는 대단한 고수였다. 또한 이부상서가 자랑하는 유일한 고수이기도 했다.

남들은 하나도 들기 어려운 낭아도(狼牙刀) 두 자루를 양손에 들고 바람개비처럼 휘돌린다고 해서 붙여진 별호가 선풍쌍도(旋風雙刀)였으며, 젊은 시절 강북 일대에서는 적수가 없다는 소리를 들을 정도로 그 명성이 자자했다.

선풍쌍도 위동천은 중년의 사내를 가만히 바라보다가 두 손을 모으며 제 소개를 시작했다.

"선풍쌍도 위동천이라고 하오."

중년의 사내는 잠시 기억을 더듬는 듯한 표정을 짓다가 미미하게 고개를 끄덕이며 말했다.

"선풍쌍도라면…… 확실히 들은 바가 있다. 무거운 칼을, 그것도 두 자루나 사용하면서도 상당히 빠른 쾌검을 구사한다고 말이지."

 선풍쌍도의 눈가에 기쁨이 빛이 반짝였다.

 "호오. 영광이오. 이 부족한 자의 별호를 기억해 줘서. 괜찮다면 귀하의 존성대명을 알 수 있을까 하오만."

 중년 사내는 짧게 말했다.

 "알 필요 없네."

 선풍쌍도의 눈썹이 꿈틀거렸다. 그러거나 멀거나 중년 사내는 개의치 않다는 듯 계속해서 말했다.

 "죽기 싫으면 비키게."

 "그건 내가 할 소리요만."

 선풍쌍도가 피식 웃었다.

 "죽기 싫으면 무릎을 꿇으시오. 항복한다면 목숨만은 살려 줄 수 있으니."

 중년 사내는 어깨를 가볍게 으쓱거렸다. 그러고는 잠시 멈춰 섰던 발을 다시 옮겨 걷기 시작했다.

 저벅저벅.

 선풍쌍도와의 거리가 좁혀졌다. 중년 사내는 아무런 대책 없이 선풍쌍도가 휘두르는 칼의 권역(圈域) 안으로 무작정 들어서고 있었다.

 '이리도 나를 무시하다니!'

 일순 선풍쌍도의 눈빛이 강렬하게 타올랐다. 동시에 그의 양손이 엇갈리면서 허리춤에 찬 두 자루의 낭아도를 번개처럼 뽑아 들었다.

 그 뽑아 드는 기세 그대로 양손을 엇갈려 휘두르며 중년 사내의 목을 긋고 가슴을 벨 생각이었다.

 하지만 중년 사내는 아무런 상처 없이, 별다른 움직임 없이 저벅저벅 선풍쌍도의 곁을 지나쳤다.

 '음?'

 선풍쌍도의 눈이 커지는 순간, 그의 등 뒤로 중년 사내의 희미한 목소리가 들려왔다.

 "실망이다."

 투툭!

 허리춤의 칼자루를 쥐어 가던 선풍쌍도의 두 손목이 차례로 떨어지는 소리가 그제야 들려왔다.

 "들었던 것보다 너무 느리군, 반응이."

 저 멀리 멀어지는 중년 사내의 목소리가 희미하게 들렸다.

 동시에 나타난 한 줄기 혈선(血腺)이 선풍쌍도 위동천의 목을 천천히 반으로 그었다. 위동천은 비명도 지르지 못한 채, 아니 자신의 목이 잘린지도 모른 채 바닥에 나뒹굴었다.

 이부상서의 유일한 자랑거리였던 위동천은 그렇게 어처구니없는 죽음을 맞이했다.

 이부상서의 눈이 부릅떠졌다.

 그는 중년 사내가 어떻게 위동천의 두 손목을 베고 그

의 목을 그었는지 전혀 알지 못했다. 물론 주변에 모여 있던 호위 무사들이나 호원 무사들 역시 중년 사내가 위동천을 죽이는 데 검을 사용했는지, 아니면 손을 사용했는지도 알아차리지 못하였다.

그렇게 모든 사람들이 놀라고 당황하여 넋이 나간 듯 멍하니 서 있을 때, 중년 사내는 이부상서 바로 코앞까지 걸어왔다. 그러고는 차분하고 냉정하고 무정한 표정 그대로 속삭이듯 말했다.

"어림창위에 항명하고 불복한 죄, 역모를 계획하고 진행한 죄를 물어 바로 이 자리에서 참수하겠다."

일순 이부상서는 그제야 이 중년 사내가 누구인지 알아차렸다.

"네놈이 바로……!"

하지만 이미 그의 목은 중년 사내가 휘두른 일격으로 잘려 나가 바닥에 나뒹굴고 있었다.

그제야 주변 무사들은 중년 사내가 휘두른 무기가 검이었다는 사실을 알 수 있었다. 물론 그 뭉툭하게 못생긴 검이 천하의 거궐이라는 사실까지는 알 수 없었지만,

* * *

병부상서 진숙회가 압송을 당한 그날 밤, 칠인회의 동

료 여섯 명은 서로 다른 행동을 취했다.

 몇몇 이들은 독자적으로 황궁을 상대로 싸우려 했으며, 또 몇몇 이들은 최대한 빠르게 은신하려고 했다. 그리고 몇몇 이들은 소부를 찾아가 의탁하려 했으니, 의외로 그들의 단합력은 실로 형편없다 할 수 있었다.

 하나라면 단숨에 부러질 나뭇가지라도 여러 개 모으면 쉽게 부러뜨릴 수 없는 것처럼, 만약 그들 모두 소부와 힘을 합쳐 대응했더라면 강만리나 황궁에서도 쉽게 그들을 처리할 수가 없었을 터였다.

 하지만 스스로 각개분산(各個分散)한 그들은 조족지혈에 불과했다.

 이부상서는 담우천 개인에게 목숨을 잃었고, 호부상서는 동창과 금의위에게 포박되어 압송당했다. 도찰원의 우도어사는 하인과 의복을 바꿔 입고 도망치다가 북경부 외곽 지역을 순찰하던 친위군의 칼에 맞아 죽었고, 사례태감은 허겁지겁 황태자 주완롱을 만나려 가다가 태자내관 공은탁에 의해 제지를 당했고 그대로 조옥으로 끌려갔다.

 그리하여 칠인회 중 남은 이는 오군도독부의 우도독, 그리고 소부 곽우중뿐이었다.

3. 마지막 계획

 오군도독부는 명실공히 군 최고 조직이었다.
 하지만 시대에 따라 그 권한이 늘었다가 줄기도 하였으니, 작금에 이르러 그 실질적인 권한은 병부에 있다 할 수 있었다.
 병부는 출병(出兵)의 영을 내릴 수 있으나 통병(統兵)의 권한이 없고, 오군은 통병의 권한은 있지만 출병의 영을 내릴 수 없다는 말은 지금 오군도독부의 권한이 어느 정도인지 여실히 나타내는 대목이었다.
 오군도독부의 수장은 좌도독과 우도독 두 사람으로, 그 자리는 과거(科擧) 등의 시험을 통해서 승진된 자가 차지하는 것이 아니라, 나라에 공을 세운 공신(功臣)이나 그 명성이 새외까지 전해지는 숙장(宿將)들이 차지했다.
 하지만 지난 백여 년간 나라는 평온했고 전쟁은 없었으니, 좌우도독에 앉을 만한 공신과 숙장 또한 존재하지 않게 되었다.
 그리하여 오늘날 좌우도독의 자리를 차지한 이들은 문무대신이 건의하고 황제가 승낙하여 인정받은 자들이었다.
 그중 우도독은 대신들의 적극적인 호응, 특히 소부 곽우중의 절대적인 후원을 받은 송규상(宋奎尙)이라는 자가 자리를 차지했는데, 그로 인해 송규상은 곽우중을 자신의 부친처럼 모시고 따르며 존경했다.

그날 새벽, 황제가 황태자 주완룡을 차기 황제로 옹립한다는 유언을 남기고 승하하였다는 소식을 전해 듣자마자, 도독부에 머물고 있던 우도독 송규상은 곧장 일만 군사를 출병하여 북경부로 향했다.

상기(上記)한 대로 원래 오군도독부에는 출병의 권한이 없었다. 하지만 우도독은 오군도독부에 속해 있던 몇몇 부대를 사조직처럼 운용하여 그들을 사병처럼 부렸으니, 절대 있을 수 없는 금기를 범한 것이었다.

새벽에 소집되어 오군도독부를 출발한 일만의 군사는 해가 뉘엿뉘엿 서쪽으로 저물어 가던 무렵, 북경부에 당도했다.

물론 북경부 수비대가 그들을 마냥 환영한 것은 아니었다.

"공무로 움직이신다는 패증이나 문서를 보여 주셔야 합니다."

책임자는 감히 우도독의 부관을 향해 그렇게 단호하게 말하며 성문을 굳게 닫은 채 열어 주지 않았다.

하지만 그것도 잠시, 얼마 지나지 않아 한 무리의 파발마들이 소부 곽우중의 인장이 찍힌 패증을 가지고 달려오자 성문을 지키는 책임자는 더 이상 어쩔 도리가 없이 성문을 열어 주어야 했다.

'역시 소부 어르신이다. 따로 말씀을 드리지 않았음에도 이렇게 알아서 준비를 하시다니.'

송규상은 내심 감탄하면서 일만 군사를 이끌고 북경부에 들어섰다. 소부 곽우중이 보낸 파발마가 곧바로 그의 밀명을 전했다.

"어차피 황궁은 늦었느니 소부 나리의 장원으로 오셔서 차후를 도모하자고 전하라 하셨습니다."

송규상은 입술을 깨물었다.

굳이 일만 군사를 일으켜 한달음에 북경부로 달려온 까닭은 꺼져 가던 불씨를 다시 일으켜서 거사(擧事)를 성공리에 마무리 지을 생각이었던 것이었다.

자신의 일만 군사에다가 다른 여섯 대신의 사병까지 합세한다면 그깟 황궁의 오합지졸 정도야 쉽게 물리치고 황태자의 목을 딸 수 있을 거라고 생각했던 것이었다.

'애당초 목숨을 걸고 시작한 일이 아니던가? 죽음이 두려워서 물러나거나 도망치려 했다면 처음부터 시작조차 하지 않았을 것이다.'

송규상은 뼛속까지 무장(武將)이었다.

단지 충성의 상대가 황제나 황태자가 아닌 소부 곽우중이었다는 게 문제였을 뿐, 무장 본연의 평가로 치자면 외려 좌도독보다 몇 배는 뛰어난 자라 할 수 있었다.

송규상은 소부 곽우중의 지시가 마음에 들지 않았지만, 군인 된 자로서 충성을 맹세한 자의 명령을 거스를 수는 없었다. 결국 그는 군대를 돌려 소부 곽우중의 장원으로 향했다.

일만 군사가 소부 곽우중의 장원에 당도했을 때는 이미 날이 어두워진 후였다. 강만리가 병부상서 진숙회를 비롯한 모든 식솔을 포승줄로 묶어 황궁으로 압송했다는 소식이 이미 송규상에게까지 전해진 후였다.

"아니, 도대체 뭘 하고 있었던 게지?"

송규상은 말에서 뛰어내려 장원으로 성큼성큼 들어서며 화를 냈다.

"황제가 죽은 즉시, 모두 소부 어르신의 댁으로 모여서 다기 거사를 일으킬지 아니면 따로 무슨 방도를 취할지 논의했어야, 논의하고 있었어야 했지 않나? 왜 따로따로 있다가 그런 수모를 당한단 말인가?"

송규상은 선불 맞은 호랑이처럼 성을 내며 단숨에 곽우중의 거처로 들어섰다. 곽우중은 의관을 정제한 채 대청 탁자 앞에 앉아 있다가 그를 반겼다.

"어서 오시게."

"예는 삼가하겠습니다, 양부(養父)."

송규상은 손을 모으고 허리를 숙이며 인사하는 듯 말고는 곧바로 대청 주위를 둘러보았다. 대청에는 오로지 곽우중 밖에 보이지 않았다.

송규상의 짙은 눈썹이 크게 휘어졌다.

"다른 이들은 모두 어디에 있는 겁니까?"

곽우중이 웃으며 말했다.

"먼 길을 쉬지 않고 달려왔을 테니 갈증이 있을 게야. 잠시 쉬면서 목이라도 축이게. 이리 와 앉으시게."

송규상은 차마 그의 권유를 거절할 수 없어서 그의 맞은편 자리에 앉았다. 늙은 하녀가 술을 가져왔다. 송규상은 단숨에 석 잔의 술을 비운 후 재차 물었다.

"다른 이들은 모두 어디에 있는 겁니까?"

"다른 이들? 남은 건 우리 둘뿐이라네."

곽우중은 씁쓸하게 웃으며 말했다. 송규상의 호랑이처럼 커다란 눈이 더욱 커졌다.

"우리 둘뿐이라니요? 설마 다 잡힌 겁니까?"

"잡히거나 죽었지. 참, 무도하기 그지없는 무법자들이라니까. 놈들은 국법이건 관습이건 뭐건 다 상관하지 않고, 자기들 마음대로 횡행하고 있네. 뭐, 물론 역모를 계획했던 내가 국법이니 뭐니 따지는 것도 우습기는 하지만 말일세. 허허허."

곽우중은 크게 웃었지만 송규상은 절대 웃을 수가 없었다. 그는 입술이 찢어지도록 깨물다가 입을 열었다.

"그러니까 놈들은 지금 증거도 살피지 않고 재판도 하

지 않은 채 오로지 자신들의 힘과 권력만으로 다른 다섯 대신들을 죽이고 압송했다는 겁니까? 또 그걸 황태자가 감히 허락했다는 겁니까?"

"황태자는 허락하지 않았을 게야. 어디까지나 그는 도의(道義)를 알고 예법(禮法)을 따르며 국법(國法)을 수호하는 입장이니까 말이지."

곽우중은 술을 따르며 천천히 말했다.

"그러나 워낙 그 무림오적인가 뭔가 하는 작자들이 날뛰다 보니, 황태자도 전혀 손을 쓰지 못하고 있는 것 같아. 그리고 그렇게 마구잡이로 그들이 날뛰는 바람에 우리는 대책다운 대책 한번 세울 시간도 없이 지금 이렇게 각개격파를 당한 것이고."

곽우중은 송규상의 빈 술잔에도 술을 따르며 계속해서 말을 이어 나갔다.

"어차피 주건의 강시, 그들이 그렇게나 자신만만해하던 태극천라강시가 실패한 이상 이런 결과는 어느 정도 예상하고 있었네. 하지만 저들이 감히 황후의 외숙부터 때려잡을 줄은…… 전혀 생각 밖의 일이었네. 가만히 보면, 그 생긴 건 멧돼지 같은 작자가 확실히 예리한 면이 있다니까. 어디부터 건드려야 되는지, 언제 어떤 방식으로 쳐들어와야 하는지 너무나도 잘 알고 있단 말일세."

"그럼 그 멧돼지부터 때려잡겠습니다!"

송규상이 버럭 소리쳤다.

"아무리 간악하고 흉악무도한 무림오적이라 할지라도 일만 군사와 양부의 호위들 앞에서는 꼼짝하지 못할 겁니다!"

그의 호승심 넘치는 고함에도 불구하고 곽우중은 초연한 모습으로 고개를 저었다.

"아니, 그러면 안 되네."

"안 된다니요? 도대체 왜……."

"나는 죽더라도 자네는 살아남아야 하기 때문이네."

"네? 그, 그게 무슨 말씀이십니까, 양부?"

"나는 살 만큼 살았네. 또 누릴 만큼도 누려 보았네. 그런데 이 나이에 무슨 부귀영화를 더 누리겠다고 감히 역모를 계획했겠나? 다 나라를 위하고 종묘사직의 안녕을 위해서 시작한 일이 아니겠는가?"

"당연하신 말씀이십니다. 저와 다른 동료들 모두 양부의 그 높고 고결한 애국심에 감동하여 따랐던 게 아닙니까?"

"그래서 예서 그만두어야 한다는 걸세. 예서 더 욕심을 부려 싸우게 된다면 우리로 인해 수천수만의 군사와 백성들이 다치고 죽게 될 걸세. 그리하여 황궁의 수비력이 약해지고 그 위세가 낮아지면 개와 쥐새끼들이 활보하게 될 것이네. 경천회 말이네. 알아듣겠는가?"

"네, 알고 있습니다. 비록 필요에 의해서 손은 잡고 있지만 언제고 반드시 척결해야 할 상대가 경천회 아니겠습니까?"

"그렇지. 경천회는 저 무림오적과 하등 다를 바 없는 무뢰배들이네. 배운 것도 없고 나랏일에 관해서는 아무것도 알지 못하는 자들일세. 그런 자들은 절대 황궁에 발을 디뎌놓게 하면 안 되네."

"당연합니다. 물론입니다."

곽우중은 힘차게 고개를 끄덕이는 송규상을 보며 흡족하다는 듯 미소를 머금었다.

"그래. 그래서 나는 죽고, 자네는 살아남아야 하는 것이네. 자네가 살아남아야 내 계획을 이어 갈 수 있을 것이고, 또한 경천회가 황궁에 빌붙지 못하도록 막을 수 있지 않겠는가?"

"하, 하지만 그건 저 혼자 하기에는 너무 벅찬 일들입니다. 양부께서 살아남으셔서 끝까지 저를 가르치고 조언해 주셔야 하지 않겠습니까?"

"아니. 자네에게 가르칠 건 다 가르쳤네. 진심으로, 자네를 내 아들처럼 여기고 내 모든 것을 물려주었으니까. 그러니 마지막 남은 내 계획, 부디 자네가 잘 마무리해 주게. 자네만 믿겠네."

곽우중이 웃으며 손을 뻗었다. 뼈다귀만 앙상하게 남은

손이었다.

송규상은 이를 악문 채 눈물이 그렁그렁한 눈으로 그 손을 지켜보다가 자리에서 벌떡 일어났다. 그리고 크게 허리를 숙이며 두 손으로 곽우중의 손을 잡았다.

곽우중이 담담하게 웃으며 말했다.

"그럼 내 마지막 계획은 말이지……."

* * *

"우도독 송규상이 일만 군사를 이끌고 황궁으로 다가오는 중이라 합니다!"

"음? 우도독이?"

황태자의 눈썹이 꿈틀거렸다.

"설마 황궁과 전쟁을 벌일 작정인가?"

"그건 아닌 듯하옵니다, 전하."

공은탁은 식은땀을 흘리며 말했다.

안 그래도 오늘 하루종일 정신없이 바빴던 그였다.

은밀하게 황태자를 만나서 죄를 빌려던 사례태감의 행사를 중간에 가로막고, 그를 곧바로 조옥으로 압송했던 것도 공은탁이었다.

또한 칠인회 일곱 대신의 죄목과 죄명을 일일이 작성하여 공문으로 남긴 후 문무대신 전원을 소집하여, 황태자가 그 사실을 널리 알릴 수 있게 한 것 역시 공은탁의 공로였다.

게다가 비천문 사람들을 시켜 소부의 주변을 감시하게 한 것도, 그래서 우도독 송규상이 소부 곽우중과 그 식솔들을—마치 강만리가 병부상서 진숙회에게 그러했듯이—꽁꽁 묶은 채 황궁으로 압송하고 있다는 소식을 누구보다 먼저 알게 된 것 역시 공은탁이었다.

공은탁은 자신에게 전해진 모든 보고를 하나도 빠뜨리지 않은 채 황태자 주완룡에게 일일이 전했다.

가만히 듣고 있던 주완룡이 고개를 갸웃거렸다.

"이상하지 않느냐? 송규상이나 곽우중 모두 칠인회의 일원, 그런데 어찌 송규상이 곽우중을 압송해 오는 것이더냐?"

"아마 서로 반목한 것인지도 모릅니다. 어쩌면 송규상이 자신만은 살기 위해서 주적(主敵) 곽우중을 생포한 것인지도 모릅니다."

"흐음."

"여하튼 그런 광경을 북경부 모든 사람이 지켜보는 중이니, 함부로 병력을 내보내 우도독을 처리할 수 없게 된 것만큼은 사실이옵니다, 전하."

"허어, 참."

주완룡은 잠시 생각하다가 입을 열었다.

"강 총수는 지금 무얼 하고 있다더냐?"

"그게……."

눈 밑이 새까맣게 주저앉은 공은탁이 조심스레 말했다.

"요 며칠 제대로 잠을 자지 못한 듯 숙면 중인 줄로 알고 있습니다."

"숙면? 흐음. 그래, 피곤할 법도 하겠지. 그럼 강 총수는 푹 쉬도록 놔두고, 이번 일은 자네가 알아서 잘 처리할 수 있겠지?"

강만리보다도 더 초췌하고 추레하고 피곤해 보이는 공은탁은 내심 한숨을 쉬면서도 겉으로는 당연하다는 듯이 대답했다.

"명을 받듭니다, 전하."

5장.
잠자는 동안

"이런 빌어먹을!"
강만리는 저도 모르게 소리치며 탁자를 내리쳤다.
"아니, 내가 자고 있던 동안 도대체 뭔 일이 벌어졌던 거야?
겨우 이틀밖에 자지 않았는데 말이지!"
우지끈! 소리와 함께 탁자가 반으로 쪼개졌고,
음식이 담긴 그릇과 접시들이 높이 튀어 올랐다가 사방으로 떨어졌다.

잠자는 동안

1. 고육지책(苦肉之策)

육체적 피로보다는 정신적 피로가 더 견디기 힘든 법이다. 황후 살해 계획부터 시작하여 이날 병부상서 진숙회의 압송까지, 강만리는 근 보름 이상 제대로 잠도 자지 못했으며 또한 쉬지 않고 머리를 굴리고 또 굴려야 했다.

이윽고 황태자 주완룡에게 보고를 마친 후 별채로 돌아가면서 문득 '이제 일단락이 되었군.' 하는 생각이 드는 순간, 그는 더는 아무런 것도 생각할 수가 없게 되었다.

마치 용량보다 훨씬 과하게 굴리다가 결국에는 망가지는 기계처럼 강만리는 별채로 돌아오자마자 그대로 축 늘어졌다.

한계를 넘어 버린 그의 머릿속은 잔뜩 헝클어졌고, 그 어떤 생각들도 떠오르지 않았다.
"좀 쉬면 좋아질 겁니다."
설벽린은 술을 권했다. 강만리는 지독하게 독한 술을 두 동이나 비운 후 비틀거리며 제 방으로 걸어갔다. 침상에 누워 눈을 감았지만 잠은 오지 않았다.
그러던 어느 한순간, 혼란과 혼돈으로 가득 찬 그의 뇌리에 슬그머니 떠오르는 감정이 있었다.
그건 죄책감이었다.
물론 병부상서나 황후, 황제에 대한 죄책감은 아니었다. 오롯하게 황태자 주완룡을 향한 죄책감. 그를 위한다면서 그에게 했던 수많은 거짓말과 악행(惡行)들이 차곡차곡 쌓여서 감당할 수 없는 무게로 강만리를 짓누르는 것이었다.
훗날 주완룡이 모든 사실을 알게 된다면 그때 느낄 배신감은 얼마나 그를 갈기갈기 찢어 놓을까.
강만리는 그래서 미안하고 죄송스러웠다.
지금 그를 속이고 있어서 미안한 게 아니었다. 주완룡 몰래 여러 가지 일들을 진행했기에 죄송한 게 아니었다.
오로지 훗날 주완룡이 겪게 될 그 배신감. 온몸이 찢어지고 심장이 부서지고 뒷골이 곤두설 정도의 충격에 이은 배신감. 그 배신감으로 인해 상처받을 훗날의 주완룡에게 미안하고 죄송스러운 것이었다.

"미안합니다…… 대사형."

강만리는 꺼칠꺼칠한 손을 들어 얼굴을 비볐다. 푸석해진 피부가 그의 손바닥에 걸렸다.

그렇게 솥뚜껑 같은 두 손으로 얼굴을 감싸 쥔 채 누워 있던 강만리는 어느새 저도 모르게 드르릉, 코를 골며 잠들었다.

역시 술이 최고였다.

항아리 두 동이의 독주(毒酒)는 천하의 강만리조차 술에 취해 잠들게 했고, 무려 이틀 낮과 밤을 꼬박 잔 후에야 비로소 강만리는 정신을 차리고 자리에서 일어날 수가 있었다.

잠에서 깨어난 강만리는 본능적으로 창밖을 바라보았다. 날은 어두워서 밤인지 새벽인지 알 수가 없었으며, 제법 거하게 비가 쏟아지고 있는 듯 창문을 두드리는 빗소리가 요란했다.

강만리는 침상에 앉아서 운기조식을 하며 잠시 머릿속을 정리했다. 지끈거리던 취기가 사라졌다. 헝클어져 있던 머릿속이 깨끗하게 비워지고, 새로운 생각들이 하나둘씩 체계적으로 자리를 잡았다.

운기조식을 마친 강만리가 눈을 떴을 때는, 그 좁쌀만한 눈에서 태양보다 강렬한 빛이 흘러나왔다.

하지만 그 빛은 강만리가 몇 차례 눈을 끔뻑하는 사이 눈동자 안쪽으로 갈무리되었고, 평소와 다를 바 없는 멍하고 뚱한 표정의 그로 되돌아왔다.

"이상한데?"

강만리는 몸 이곳저곳을 내려다보며 고개를 갸웃거렸다.

"왠지 모르겠지만 내공이 더 늘어난 것 같은데…… 마치 잠들어 있는 사이에 대환단이나 자소단, 만년설삼 같은 걸 잔뜩 먹은 것처럼 말이지."

물론 그런 영약을 잔뜩 먹었다고 해서 믿기지 않을 정도로, 가령 일 갑자 이런 식으로 내공이 늘어나기에는 이미 강만리의 내공 자체가 포화 상태라 할 수 있었다.

영약은 위대할 정도로 뛰어난 효능을 지니고 있었다. 소림사의 대환단 같은 경우에는 무려 내공을 이십 년 가까이 증강시키는 효능까지 포함하고 있었다.

하지만 모든 사람이 공평하게 그 효능을 얻는 건 아니었다. 일반적으로 내공이 약할수록 효능은 크지만 내공이 높게 되면 외려 그 효능은 감소되었다.

더더군다나 강만리처럼 신체 능력과 단전에 쌓인 내공의 양, 단전의 크기, 운기조식을 통해 내력을 운용하는 기맥의 굵기와 크기 등등이 이미 포화 상태에 이른 초절정의 고수라면 대환단을 복용해도 일이 년 이상의 내공

증가를 기대하기가 어려운 일이었다.

그러나 잠에서 방금 깬 강만리는 몇 차례의 운기조식을 통해 자신의 단전에 최소한 수십 년의 내공이 더 쌓인 듯한 만족감과 충족감을 느끼고 있었다.

그래서 지금 그는 어리둥절한 표정을 짓고 있는 것이었다.

이 갑자가 훌쩍 넘은 내공이라니. 현 무림에 그만한 내공을 지닌 자가 과연 몇이나 될까.

"도대체 내가 자는 동안에 무슨 일이 있었던 거지?"

강만리는 고개를 갸웃거리며 자리에서 일어났다. 홀로 앉아서 계속 궁금해하는 것보다는 동료들에게 물어보는 게 훨씬 빠르다는 생각이 든 까닭이었다.

강만리는 곧 방을 나서 복도를 따라 객청으로 향했다. 마침 객청에서는 그의 동료들이 식사를 하던 참이었다. 워낙 밖이 어둡고 폭우가 쏟아지고 있어서 그게 저녁 식사인지 아침 식사인지 전혀 알 수가 없었다.

"어? 드디어 일어나셨군요?"

막 고기 한 점을 집어서 입에 넣으려던 설벽린이 복도를 따라 걸어 나오는 강만리를 보고는 반색하며 말했다. 다른 동료들도 강만리를 보며 고개를 끄덕이며 인사했다.

'드디어?'

강만리도 마주 인사하고는 좁쌀만 한 눈을 끔뻑이며 설벽린에게 물었다.

"내가 며칠이나 잠들어 있었나?"

"지금이 진시(辰時:오전 7시~9시) 초니까 이틀하고도 한나절이요."

"지금이 진시 초라고?"

"네. 언뜻 보면 늦은 술시(戌時:오후 7시~9시) 같지만요."

강만리는 슬쩍 창밖을 바라보았다. 확실히 사방이 어두운 것이 먹장구름이라도 낮게 깔린 모양이었다. 게다가 폭우는 쉴 새 없이 창과 벽과 지붕을 두드리고 있었다.

"이 비가 그치면 곧 여름이 시작되겠어요."

설벽린도 강만리를 따라 창밖을 보며 투덜거렸다.

"젠장. 작년 여름은 진짜 더웠는데, 올해도 그렇게 더울까 봐 벌써부터 겁나네."

"아니. 올해는 더 더운 여름이 될 게다."

강만리는 그렇게 중얼거리며 탁자로 향했다. 그리고 자신의 자리에 털썩 주저앉으며 입을 열었다.

"나 혼자 이틀이 넘게 잔 것 같습니다, 다른 분들의 모습을 보니까."

고봉 진인이 웃으며 말을 받았다.

"우리야 자네처럼 약골이 아니니까."

마침 고깃국을 들이켜던 담우천이 국그릇을 내려놓으며 말했다.

"우리도 하루 내내 푹 쉬었다. 덕분에 많이 좋아졌지."

장예추가 고개를 끄덕이며 입을 열었다.

"황태자 전하께서 하사하신 영약들의 도움이 컸습니다."

강만리의 눈이 커졌다.

"전하께서 영약들을 보내셨나?"

"네. 태의원 원사와 의관들이 가져왔더라고요. 전하의 하사품이라고 해서요. 무슨 스물두 가지 영약을 갈아서 만든 탕이라고, 다들 한 사발씩 진하게 마셨습니다. 덕분에 내공이 일 갑자나 늘어난 것 같다니까요."

"자꾸만 그렇게 과장해서 말하니까 사람들이 네 말을 허투루 듣는 게다."

설벽린의 호들갑에 강만리는 눈살을 찌푸리며 나무라면서도 속으로는 내심 고개를 끄덕였다.

'그렇군. 역시 내공이 늘기는 늘었나 보구나. 아마도 내가 잠든 사이에 그 영약을 먹인 거겠지?'

강만리가 그런 생각을 하고 있을 때 설벽린은 억울하다는 듯 항변했다.

"어? 아닌데요? 진짜 그 정도 증진한 것 같다니까요?"

강만리는 아무렇게나 손사래를 쳤다.

잠자는 동안 〈155〉

"됐다. 나도 밥이나 주라. 이틀 내내 아무것도 먹지 않고 잠만 잤더니 배가 등에 달라붙었다."

"에이, 형님이야말로 허풍이 심하십니다. 형님은 잠들어 계신 동안 우리와는 달리, 대사형께서 특별히 신경을 써서 주문하신 십전대라탕(十全大羅湯)까지 복용하셨거든요? 의관들이 진심으로 부러워하면서 복용시켰는데, 그러니 배가 고플 리가 없을 텐데요."

"아니, 십전대라탕은 또 뭔지 모르겠지만 어쨌든 진짜 배가 고프다. 봐라, 꼬르륵거리는 소리가 들리지 않느냐?"

설벽린은 짐짓 귀를 기울이는 시늉을 하다가 이내 눈이 휘둥그레졌다.

"어라, 진짜네요. 흐음. 그럼 그 원사 말이 틀린 건가? 최소한 열흘은 아무것도 먹지 않아도 허기를 느끼지 않을 거라고 했는데 말입니다."

설벽린이 의아해하는 동안 장예추가 자리에서 일어나 주방으로 향했다.

잠시 후 설벽린은 강만리가 먹을 음식을 내왔고, 강만리는 허겁지겁, 쩝쩝 소리를 내며 우걱우걱 먹기 시작했다. 사람들은 그가 정신없이 식사하는 모습을 보느라 젓가락질도 멈춰야만 했다.

이윽고 강만리는 "끄윽." 하는 트림과 함께 젓가락을

내려놓았다. 그리고 만족한다는 표정을 지으며 주위를 둘러보다가 저도 모르게 움찔거렸다.

"어, 왜들 그리 쳐다보는 건데?"

강만리는 두 눈을 동그랗게 뜨고 자신을 바라보는 동료들에게 물었다. 고봉 진인이 한숨을 쉬며 고개를 설레설레 흔들었다.

"아마도 가장 빨리 먹는 대회가 있다면 자네가 일등일 걸세."

설벽린은 아쉽다는 투로 투덜거렸다.

"하루만 더 굶었어도 접시까지 먹어 치웠을 건데 왜 하루 일찍 일어나셨답니까?"

장예추가 차분하게 물었다.

"더 가져다 드릴까요?"

"아니, 충분하다."

강만리는 고개를 저으며 말하고는 이내 화제를 전환했다.

"내가 잠들어 있던 이틀 동안 별일은 없었고?"

"아, 그게 말입니다."

설벽린이 신이 난 듯 눈동자까지 반짝이며 입을 열었다.

"우도독 송규상이 소부 곽우중의 장원에 쳐들어가서 그와 모든 식솔들을 포박, 황궁으로 압송했습니다."

"음?"

의외의 말에 강만리는 눈썹을 꿈틀거렸다가 이내 눈살을 찌푸리며 말했다.

"그거 다 서로 짜고 한 연극일 게다. 송규상만큼은 어떡하든지 살려내기 위한 곽우중의 고육지책(苦肉之策)이라고나 할까."

"네. 다들 그리 생각했습니다. 하지만 주변 사람들의 증언과 문서 등이 나오면서 송규상이 단순 가담했다는 게 사실로 드러났습니다."

"단순 가담?"

"네. 송규상은 그 칠인회를 친목회 정도로 알았다고 합니다. 그리고 칠인회가 열릴 때마다 꼬박꼬박 참석한 것도 아니고요."

강만리는 인상을 찡그리며 화를 냈다.

"아니, 그야 당연하잖아? 송규상은 오군도독부의 우도독, 함부로 그 자리를 비울 수 없으니 매번 황궁무고에서 열리는 회의에 참석할 수 없었을 뿐인데, 그게 어째서 단순 가담이 되는 거지?"

"소부 곽우중 거처에서 발견된 비밀 금고에서 몇 가지 문건이 나왔습니다. 그리고 사례태감과 이부상서의 비밀 금고에서도 문서들을 찾아냈고요."

설벽린은 마치 자신이 혼나는 듯 주눅이 든 목소리로

소곤거리듯 말했다.

"그 문건들에 그리 적혀 있었답니다. 경천회 소속 다섯 명만 모이는 건 사람들의 눈에 이상하게 여겨질 수 있으니, 경천회와 관련이 없는 두 명을 추가하여 칠인회를 구성한다고 말입니다."

"두 명? 그렇다면 송규상 말고 단순 가담자가 한 명 더 있다는 말인가?"

"네."

설벽린은 대답까지는 쉽게 했으나 차마 그 뒤를 이을 수가 없다는 듯 입을 다물었다.

일순 강만리는 등골에 소름이 오싹 돋는 느낌에 서둘러 물었다.

"설마 병부상서 진숙회는 아니겠지?"

강만리는 그렇게 물으면서도, 제발 아니라고 말해 달라는 절박한 눈빛과 초조한 심정으로 설벽린을 바라보았다.

설벽린은 대답 대신 한숨을 쉬었다.

2. 마지막 한 수

"왜 아니겠습니까?"

장예추가 설벽린을 대신하여 입을 열었다.

"맞습니다. 병부상서 진숙회와 우도독 송규상은 사람들의 눈을 속이려고 일부러 칠인회에 가입시킨 자들이라고 합니다. 황제의 외숙부, 그리고 누구나 다 아는 우국충정(憂國衷情)의 송규상. 그들이라면 확실히 그 칠인회가 역모를 계획하는 자들의 모임이라고 전혀 생각할 리가 없으니까 말입니다."

"이런, 젠장! 누가 그런 말도 안 되는 소리에 귀를 기울여? 설마 황태자 전하께서는 믿지 않으셨겠지?"

강만리가 울분을 토하듯 소리쳐 묻자, 장예추는 침착하게 대답했다.

"하지만 증거가 그리 나왔잖습니까? 그것도 하나가 아닌, 여러 개의 비밀 문서가 말입니다. 그 물증 앞에서 형님의 말씀은 그저 추론에 불과할 따름이니, 아무리 전하라고 하셔도 어쩔 도리가 없으셨을 겁니다."

"어쩔 도리가 없으셨을 겁니다? 설마 그들을 풀어 주기라도 했단 말이냐?"

"네. 문무백관의 탄원도 있었거니와 무엇보다 그 많은 증인들의 증언, 그리고 물증까지 나온 마당에 끝까지 잡아 둘 수는 없었으니까요."

설벽린이 장예추의 말을 받아서 이어 말했다.

"결국 역모를 계획한 자들과 어울린 죄, 또한 그 역모를 파훼하지 못한 죄 등으로 두 사람 모두 삼품급을 강등

당하기는 했지만, 어제 오후 모두 풀려나 자신들의 장원으로 되돌아갔습니다."

"이런 빌어먹을!"

강만리는 저도 모르게 소리치며 탁자를 내리쳤다.

"아니, 내가 자고 있던 동안 도대체 뭔 일이 벌어졌던 거야? 겨우 이틀밖에 자지 않았는데 말이지!"

우지끈! 소리와 함께 탁자가 반으로 쪼개졌고, 음식이 담긴 그릇과 접시들이 높이 튀어 올랐다가 사방으로 떨어졌다.

그 순간, 담우천과 장예추, 고봉 진인과 설벽린은 빠르게 손을 휘젓고 발을 휘돌려서 그릇과 접시들을 모두 거둬들였다.

사람들이 다들 손과 발에 그릇과 접시를 올려 둔 모습을 본 강만리는 즉각 자신의 실태를 사과했다.

"죄송합니다. 제가 그만 흥분한 나머지."

"아니, 자네가 몰라서 그렇지 우리도 꽤 흥분했었다네."

고봉 진인은 그릇과 접시를 손에 든 채 고개만 돌려 주방으로 이어지는 복도를 바라보았다. 강만리의 고개가 그를 따라갔다. 복도 한쪽에는 반토막이 난 탁자가 대충 벽에 걸쳐 세워져 있었다.

"그건 어젯밤 내가 그런 거다."

담우천이 무뚝뚝하게 말했다. 강만리의 눈이 동그랗게

변했다. 평소 담우천의 성격을 감안한다면 도저히 있을 수 없는 일이었다.

설벽린이 자리에서 일어나며 말했다.

"우리도 얼마나 놀랐는지 몰라요. 천하의 담 형님이 그렇게 화를 내실 줄은 정말 몰랐거든요."

'흐음. 나도 봤어야 하는 건데.'

강만리는 화가 난 와중에도 그 희귀한 광경을 보지 못한 것에 대해 안타까워했다.

그러는 동안 설벽린이 창고에서 탁자 하나를 꺼내 왔다. 마치 이런 일이 벌어질지 미리 알고서 준비해 두었던 것처럼.

아니나 다를까. 고봉 진인이 새로 가져온 탁자에 그릇과 접시들을 올려놓으며 말했다.

"담 장주마저 저리 화를 내는데 강 장주가 깨어나면 더하겠지 싶어 미리 준비해 둔 탁자라네. 두 개나 더 있으니 마음껏 박살 내도 좋네."

"됐습니다. 이제 화는 가라앉았으니까요."

그렇게 말한 강만리는 내심 길게 한숨을 쉬며 고개를 설레설레 흔들었다. 그러고는 다시 사람들에게 질문을 던졌다.

"그럼 소부 곽우중은 어찌 되었습니까?"

일순 사람들의 표정이 살짝 변했다. 고봉 진인이 헛기

침을 하며 입을 열었다.

"어젯밤 조옥에서 자결했다네. 입안에 독약을 넣고 있다가 깨문 모양일세. 그걸 막지 못한 옥장은 지금 책임을 물어 임무가 정지된 상태이고."

충격적인 이야기였지만 강만리는 심드렁한 표정이었다. 그럴 줄 알았다는 반응이었다.

"모든 죄를 자기 혼자 뒤집어쓰겠다는 거겠죠. 악적이지만 그래도 나름대로 신의와 품격이 있는 자입니다."

강만리는 눈살을 찌푸리며 말했다.

"게다가 나름대로 준비해서 결국 송규상과 진숙회를 살려 놓았으니, 후일을 도모할 마지막 한 수 정도는 남긴 게 아니겠습니까? 모르기는 몰라도 놈은 죽으면서도 아마 웃었을 겁니다. 결국에는 자신이 이길 거다, 뭐 이렇게 중얼거리면서 말이죠."

"끄응."

고봉 진인을 비롯한 사람들은 입을 열지 못했다.

확실히 강만리의 말처럼, 소부 곽우중은 독이 온몸으로 퍼지는 극렬한 고통 속에서도 껄껄 웃으며 죽었다고 알려졌다. 얼마나 귀기(鬼氣) 어린 웃음이었는지 당시 조옥에 있던 모든 이들이 귀를 틀어막을 정도라고 하였다.

강만리는 엉덩이를 긁적이며 말했다.

"뭐, 결과가 썩 마음에 들지는 않지만 어쨌든 이곳에서 우리가 할 일은 이 정도가 최선이었나 봅니다. 마무리는 황궁 사람들에게 맡겨 두고 우리는 이제 전하를 만나 뵙고 작별 인사를 하는 것을 끝으로……."

강만리는 무뚝뚝하게 말했다.

"두 번 다시 황궁에 발을 디뎌 놓지 말자고요."

* * *

황태자 주완룡은 한 손으로 턱을 괸 채 쏟아지는 보고를 가만히 듣고 있었다. 그의 얼굴에는 마치 가면처럼 아무런 표정도 담겨 있지 않았다.

"십여 일에 걸친 대양산의 전투가 종료되었습니다. 봉헌사에 있던 중들과 하인, 불목하니들은 모두 무집사와 연관이 있는 인물들로 확인되었습니다. 두어 명의 중을 제외하고는 모두 주살했으며, 그 와중에 아군은 삼만의 사상자를 남겼습니다."

십만 대군과 맞서 싸운 봉헌사 무리는 백 명도 채 되지 않았다. 게다가 봉헌사의 실질적인 무력(武力)이라 할 수 있는 자들은 대부분 이미 죽거나 크게 다친 후의 전투였다. 그럼에도 불구하고 삼만의 사상자가 발생한 것이다.

보고하는 무신(武臣)의 얼굴이 딱딱하게 굳은 이유가 바로 거기에 있었다.

우스갯소리로 떠도는 '무림의 절정 고수 한 명이 일만 대군을 상대할 수 있다.'라는 말이 절대 우스갯소리가 아니었다.

만에 하나 무림 전체가 들고 일어나 역모를 감행한다면, 그때는 황궁이 자랑하는 백만 대군도 그들을 막을 수가 없는 것이었다.

그나마 삼만의 사상자로 끝날 수 있었던 건, 군 내부에 특위장(特衛將)들이 존재했기 때문에 가능했다.

무가(武家)나 군가(軍家)에서 나고 자라며 무공과 심법을 익힌 고수들, 그들이 있었기에 아군의 피해를 최소한으로 막고 봉헌사 무리를 전멸에 가깝게 해치울 수 있었던 것이었다.

보고는 계속해서 이어졌다.

"황후 마마와 시녀들, 내관들의 시신은 이미 불에 타서 그 형체를 확인할 수가 없게 된 상황이었습니다. 하지만 장신구 등의 유품과 유골을 확인한 결과, 황후 마마의 시신임이 밝혀졌습니다."

"황후 마마의 시신은 따로 조심스럽게, 소중하게 추려서 관에 안치한 후 황궁으로 운구 중입니다."

시신이라고 할 것도 없을 것이다. 검게 그을린 뼈 몇 조각, 그리고 불에 탄 흔적이 역력한 장신구 몇 개가 그 관에 들어가 있는 전부일 것이다.

"일전에 보고드린 대로 아군을 지휘하던 도독동지 심우춘 이하 무장(武將)들 또한 황후 마마를 구출하기 위해 직접 봉헌사로 쳐들어갔다가 목숨을 잃은 것으로 확인되었습니다. 부디 그들에게 일품급이나 이품급의 추증(追贈)을 허해 주시기 바라옵니다."

그것으로 대양산 전투에 관한 보고는 끝이 났다.

주완룡은 무심한 얼굴로 가만히 대청을 쓸어 보았다.

대청에는 약 이삼십 명의 신하만이 모여 있었다. 그들 모두 황궁과 조정 최고의 중신이자 대신들이었다.

하지만 그들 사이에서 더는 조정을 쥐락펴락하던 소부 곽우중이나 병부상서 진숙회 같은 이들의 얼굴은 찾을 수가 없었다.

바로 그것이 불과 요 며칠 사이에 벌어진 대격변의 결과였다.

주완룡이 아무런 말도 하지 않자 장내는 쥐 죽은 듯 조용해졌다. 대신들이 서로 눈치를 보기 시작했다.

소부 곽우중이 자결하고, 태부 소영이 자신의 장원에서 나오지 않고 있는 지금, 이미 조정의 모든 권력은 주완룡에게로 넘어간 상황이었다.

물론 이 상황은 그리 오래가지 못할 터였다.

그리 멀지 않은 훗날, 그 권력의 공백을 틈타 자신이 우두머리로 나서기 위한 대신들의 권모술수(權謀術數)가

다시 시작될 것이다.

 이전투구(泥田鬪狗)의 개싸움 끝에 조정의 권력을 쟁취한 자가 나타날 것이고, 그는 호시탐탐 새로운 황제의 권력을 빼앗기 위해 온갖 훼방을 놓을 것이다.

 새로운 황제가 아무리 성군(聖君)이라 해도 그들에게는 상관없었다.

 그들이 살아가는 이유, 목적, 꿈과 희망 그 모든 것이 바로 권력을 잡기 위해 존재했으니까. 그리고 그게 정치(政治)고 정치인(政治人)이었으니까.

 새로운 권력자의 눈치를 살피던 대신 중 누군가 입을 열었다. 그로 인해 다시 보고가 이어지기 시작했다.

 주완룡은 그 맨 처음 입을 연 자를 가만히 지켜보았다.

 머뭇거리는 신하들 중에서 제일 먼저 입을 열었다는 건 바로 그자가 훗날 최고의 충신(忠臣)이 되거나, 아니면 최악의 역신(逆臣)이 되거나 할 인물이라는 의미였으므로.

"칠인회, 아니 칠인회를 가장한 오인회의 사후 처리도 어느 정도 끝났으니, 이제 대륙 전역에 국장(國葬)을 선포해야 하지 않을까 사료되옵니다."

 주완룡의 눈썹이 희미하게 꿈틀거렸다.

"또한 황제 폐하와 황후 마마께서 영면(永眠)하실 곳을 점지하셔야 할 것입니다. 오륙 년 이상의 대공사로 진행될 터이니, 그에 필요한 인력과 자금을 준비하셔야 하옵니다."

 그자는 씩씩하게 말을 마치고 고개를 숙인 채 뒤로 물러났다.

 황제의 장례는 매우 복잡하고 까다로운 절차를 밟아서 진행된다. 최소한 삼 년에 걸쳐서 총 육십 단계가 넘는 절차를 일일이 끝내야만 비로소 국상(國喪)의 예를 다하게 되는 것이었다.

 그 삼 년 동안 주완룡은 국장의 주체로 그 모든 예법을 주관해야 했다.

 즉, 아무리 주완룡에게 권력이 집중되어 있다고는 하지만 그가 국장을 진행하는 동안 조정 대신들이 농간을 부릴 여지가 생길 수 있다는 것이기도 했다.

 게다가 황제의 무덤을 만드는 것 역시 꽤 오랜 세월과 인력과 자금이 필요한 일이었다.

 통상적으로 황제는 풍수(風水)에 따라서 스스로 자신의 무덤을 결정하는데, 이번 황제는 미처 그 결정을 하기도 전에 쓰러졌다.

 그렇게 무덤을 결정하지 못했으니 당연히 공사가 진행될 리 없었다. 결국 주완룡은 그 황제의 무덤까지 책임지고 주관해야만 했다.

 일이 끝났다고 끝난 게 아니었다. 하나의 결말은 새로운 일로 이어지는 게 세상의 도리였다.

잠시 생각하던 주완룡은 힐끗 고개를 돌려 공은탁을 바라보며 눈짓을 보냈다. 태자내관, 얼마 지나지 않으면 황제내관이 될 공은탁은 기다렸다는 듯이 크게 소리쳤다.

"오늘은 이만 물러가도록 하십시오! 오늘의 결론과 남은 안건은 닷새 후 다시 논의하기로 하겠습니다!"

대청에 모인 신하들은 곧바로 황태자 주완룡에게 천세(千歲) 만세(萬歲)를 누리시라는 축원을 복창한 후 그대로 대청을 빠져나갔다.

"하아."

그제야 주완룡은 길게 한숨을 토하며 입을 열었다.

"그럼 오늘 일은 이게 끝이더냐?"

공은탁이 허리를 조아리며 대답했다.

"하나 더 남아 있사옵니다."

"그게 뭐지?"

"어림창위의 총수 강만리가 전하를 뵙고자 요청하였습니다."

"강만리가?"

일순 주완룡의 눈빛이 반짝였다.

"그 잠꾸러기가 이제야 일어났다 드냐?"

"그런 것 같사옵니다, 전하."

"그래. 그럼 피곤하기는 하지만 마지막 일 하나 정도는 마무리하고 끝내야겠지. 어서 들라 하라."

"명을 받듭니다, 전하."

곧 강만리를 부르는 공은탁의 목소리가 들렸고 다른 환관의 복창이 이어졌다. 그리고 잠시 후 강만리를 비롯한 동료들이 조심스럽게 대청으로 들어섰다.

동시에 주완룡의 얼굴이 굳어졌다.

3. 무적(無敵)의 방패(防牌)

강만리 혼자가 아닌, 담우천과 고봉 진인, 설벽린과 장예추가 모두 모습을 드러낸 순간 주완룡은 직감했다.

아! 이제 이별을 고하려는 게구나.

모든 만남은 반드시 헤어짐을 동반한다. 그 이유가 죽음이든 다툼이든 볼일이든 뭐든 간에 만남이라는 건 영원히 이어질 수가 없었다. 그래서 회자정리(會者定離)라는 말이 있지 않던가.

주완룡은 속내를 감춘 채 미소를 머금으며 입을 열었다.

"미안하구나. 내 잘못이 크다."

주변의 환관들은 물론 대청에 부복한 이들 역시 그게 무슨 소리인지 모를 법도 했으나, 강만리는 기막히게도 알아듣고 꾸역꾸역 대답했다.

"아닙니다. 마지막 마무리까지 하지 못하고 잠든 제 잘못이 가장 큽니다, 전하."

역시.

주완룡은 속으로 중얼거렸다.

'내 말은 만리 자네만이 알아듣는구나.'

주완룡은 소리 없이 웃으며 입을 열었다.

"아니다. 그대는 제대로 일을 처리했다. 순간적으로 방심하는 바람에 괜한 문서들이 등장하고 증언들이 쏟아지게 만든 건 오롯하게 내 책임이다. 그러니 말해 보라. 내가 들어 줄 수 있는 한, 그대의 모든 청을 다 들어줄 터이니."

부복하고 있던 강만리의 눈빛이 살짝 미묘하게 반짝였다. 그는 무슨 생각을 하는지 잠시 뜸을 들이다가 천천히 입을 열었다.

"보내 주신 영약과 십전대라탕만으로도 충분합니다, 전하."

"허어, 고집이 세구나. 그건 수하의 건강을 염려한 장수의 심정으로 보낸 게다. 사제들의 빠른 회복을 기원하는 사형의 마음으로 보낸 게다. 그리고 지금은 실수를 범한 황태자의 이름으로 말하는 게다. 그러니 청을 말해 보라."

"정 그리 말씀하신다면 한 가지 청이 있습니다."

"말해 보라."

"하루라도 빨리 국장을 선포해 주시기 바랍니다."
"으음? 국장?"
주완룡의 눈이 휘둥그레졌다.
내심 긴장한 채 두 사람의 대화를 듣고 있던 환관들이나 강만리의 동료들 또한 마찬가지였다. 난데없는, 느닷없는 국장이라니.
'허어. 자네는 내 말을 알아듣는데 나는 아직도 자네의 말을 이해하지 못하고 있구나.'
주완룡은 내심 한숨을 쉬었다.
어쩌면 이게 그와 강만리의 차이인지도 모를 일이었다.
하지만 겉으로는 여전히 태연한 표정을 유지한 채 주완룡은 천천히 입을 열었다.
"국장을 선포하는 거라면 안 그래도 조금 전 조정 회의 때 대신들이 그리 종용했었다. 그래서 오늘 당장 국장을 선포하기로 이미 이야기가 끝난 상황이다."
가만히 듣고 있던 태자내관 공은탁의 눈이 휘둥그레졌다.
'아, 아니, 언제 그렇게 이야기가 끝났는데요?'
주완룡이 계속해서 말했다.
"그러니 그건 청이 될 수 없구나. 다시 청을 말해 보라."
강만리는 고개를 저으며 대답했다.
"아무것도 없습니다. 전하께 이미 받은 것만 해도 차고

넘칩니다. 더 욕심을 부리다가는 저도 모르게 소부의 길을 따를지도 모릅니다. 그러나 부디 청컨대, 예서 끝냈으면 하는 게 진심입니다, 전하."

"흐음, 정말이지 욕심이 없구나."

주완룡은 여전하다는 듯 고개를 주억였다.

하지만 강만리의 동료들은 다른 것일까. 강만리의 뒤쪽에 부복하고 있던 설벽린이 내심 강만리를 향해 마구 소리치고 있었다.

'아니, 주는 떡을 왜 안 받는 겁니까? 황궁무고든, 병고든 약고든 뭐든 하나 열어 달라고 하는 게 그리 어렵습니까? 정 안 되면 소림 대환단이라도 몇 알 달라고 하면 되잖습니까! 왜 형님 혼자 고고한 척하시는 겁니까, 예?'

설벽린은 진심으로 안타깝고 화난 듯 얼굴을 새빨갛게 물들인 채 그렇게 혼자 속으로 외치고 또 외쳤다.

그러나 설벽린 또한 고개를 숙인 채 부복해 있는 상황, 그 누구도 그의 간절한 모습을 볼 수가 없었다.

"흐음."

연신 이어지는 강만리의 거절이 마음에 들지 않는 듯 주완룡은 고개를 갸우뚱거리다가 천천히 입을 열었다.

"그렇다면 이렇게 하자꾸나."

주완룡이 제의했다.

"언제고 자네가 내게 잘못을 빌 상황이 되었을 때 그게 얼마나 큰 잘못이든 간에 한 번 정도는 내가 용서해 주는 것으로 말이다."

주완룡은 묘안을 생각해 냈다는 듯 기쁜 표정을 지으며 말했다.

하지만 태자내관 공은탁은 안절부절못하며 입을 열었다.

"전하. 아뢰옵기 황송하오나 그 범위를 한정하지 않는다면 상당히 큰 문제가 될 수도 있사옵니다."

당연한 말이었다.

만약 강만리가 소부 곽우중처럼 역모를 저지르는 경우에도 용서받을 수가 있었으니까. 또는 황제를 시해하려 해도 용서받을 수가 있는, 그야말로 강만리에게 있어서 무적(無敵)의 방패(防牌)가 되는 말이었으니까.

순간 강만리의 눈빛이 빛났다. 그의 뇌리에는 저도 모르게 한 가지 생각이 스쳐 지나갔다.

'설마 내가 저지른 모든 일들을 알고 저리 말하시는 건 아닐까?'

조금 전부터, 안 그래도 주완룡이 너무 집요하게 밀어붙이는 것 같아서 의아하게 생각하던 참이었다.

하지만 만약 이런 것이라면…….

'아니, 어쩌면 말이지. 저 말씀을 하기 위해서, 내게 한 번은 용서해 주겠다고 말씀할 핑계를 대기 위해서, 어쩌면

일부러 병부상서와 우도독을 놓아주고 살려 준 건 아닐까.'
 과한 생각일지도 몰랐다.
 강만리 혼자 이리 짚고 저리 짚는 것인지도 몰랐다. 하지만 강만리는 왠지 자신의 생각이 틀리지 않을 것 같다는 느낌이 들었다.
 그래서였다, 주완룡의 마지막 제의를, 그 순수하고 절대적인 호의를 거절하지 않은 까닭은.
 "그리 말씀해 주시니 감사히 받아들이겠습니다. 물론 전하 앞에서 용서를 빌 일은 앞으로 절대 하지 않을 것입니다."
 강만리는 '앞으로'라는 말에 힘을 주며 말을 맺었다.
 "그래야지."
 주완룡이 고개를 끄덕이며 웃었다. 그러고는 강만리의 다른 동료들을 돌아보며 말을 이었다.
 "만리에게 말한 건 자네들에게도 통용되는 것이니 그리 알도록 하게. 자네들의 잘못 하나 정도는 어떤 일이 있더라도 용서해 줄 터이니 그리 알도록 하게."
 강만리와 동료들이 일제히 대답했다.
 "성은이 망극하옵니다, 전하."
 황태자는 흡족한 표정으로 그들을 내려다보았다. 하지만 그 입가에 머물렀던 미소가 옅어지기까지는 그리 오랜 시간이 걸리지 않았다.

강만리가 조심스레 말했다.

"말씀드리기 황송하나, 부족하나마 전하께 받은 소인들의 책무를 모두 끝낸 것 같아서 인제 그만 직위를 내려놓고 황궁을 떠날까 하옵니다."

황태자 주완룡은 아무런 대답을 하지 않았다.

고개를 숙이고 있던 공은탁은 주완룡의 심기가 불편할까 봐 힐끗 곁눈질로 그의 안색을 살폈다. 그러나 주완룡은 비록 미소는 옅어졌지만 여전히 웃음기 남아 있는 얼굴로 강만리들을 내려다보고 있었다.

주완룡이 아무 말도 하지 않자 강만리는 재차 말했다.

"게다가 악양부로 떠났던 동료들의 안위도 걱정되며, 또한 북해빙궁에 남아 있는 가족들과 유주에 머무르고 있는 가신(家臣)들도 챙겨야 합니다."

"여전히……."

주완룡이 입을 열었다.

"자네는 참으로 바쁘게 사는구나."

"어쩔 수 없습니다. 오대가문이 멸하지 않는 한 계속해서 바쁠 겁니다."

"그렇다면 내가, 사형 된 자로서 오대가문을 멸해 주는 건 어떻겠느냐?"

"그건 아니라고 생각합니다, 전하."

강만리는 딱 부러지게 말했다.

"예로부터 관과 무림은 서로 관여하지 않는 게 불문율이었습니다. 전하께서 소인들을 염려해 주시는 마음이야 그저 감사할 따름이지만, 오대가문은 전적으로 소인들에게 맡겨 주셨으면 합니다."

"그건 어디까지나 관과 무림이 서로의 영역을 넘지 않았을 때나 하는 말이 아니더냐? 하지만 이미 무림은 관의 영역을 넘어서 감히 황궁까지 침범했다. 모산파의 도사도 그러하고, 강시도 그러하고, 경천회도 그러하지 않더냐?"

"모산파와 강시에 관한 건은 소인도 따로 말씀드릴 게 없습니다만 경천회에 오대가문이 참여했다는 건 아직 확실한 물증이 없습니다."

"그렇다면 모산파를 멸하는 건 상관하지 않겠다?"

"물론입니다, 전하. 하지만 군병의 힘만으로는 호풍환우(呼風喚雨)하는 모산파의 주술을 막기 어려운 게 현실입니다. 그러니 소인들이 최대한 그들을 상대할 터이니, 만약 지켜보시다가 소인들로 부족하다 싶으면 그때 출병하셔도 늦지 않을 거라고 생각합니다."

가만히 듣고 있던 주완룡이 문득 묘한 미소를 지으며 고개를 끄덕였다.

"흠, 그렇다면 자네들은 내 군병을 대신해서 모산파를 비롯한 황궁의 적과 싸우겠다 이건가?"

"물론입니다, 전하. 그게 신민 된 도리이자 의무라고 알고 있습니다."

"그렇다면 굳이 직위를 내려 둘 필요가 어디 있겠는가? 평소에서는 직위를 감춘 채 강호를 돌아다니다가 필요할 경우 직위를 내세워서 직접 출병하면 되지 않겠느냐? 굳이 그런 일들까지 일일이 내 손을 거칠 필요가 없지 않겠느냐?"

주완룡의 말을 들으면서 강만리는 저도 모르게 낭패의 표정을 짓고 말았다. 주완룡이 계획한 커다란 그물에 갇혀 바둥거리는 제 모습을 본 것만 같았다.

'젠장. 이참에 황궁과의 연은 완전히 끊어 버릴 작정이었는데…….'

하지만 주완룡의 말에는 빈틈이 없었다. 논리는 정연했고 사리에 타당했다. 애당초 황제를 대신하여, 군병을 대신하여 모산파를 상대하겠다고 말했을 때부터 이미 빠져나갈 수 없는 덫에 걸린 것이었다.

강만리는 잠시 생각하다가 길게 한숨을 내쉬며 천천히 입을 열었다.

"상황이 이러한 만큼 어쩔 도리가 없겠습니다. 그럼 전하의 뜻과 의지를 받들어, 황궁을 어지럽힌 자들을 몰살할 때까지만이라도 전하께서 내리신 직위에 충실하겠습니다."

"그리 말하니 내 마음도 개운해지는구나. 좋다. 이제 강만리는 어림창위의 신분에 어림오군어사(御臨五軍御使)라는 새로운 직책을 내릴 것이다. 어림오군어사는 곧 황제의 뜻과 의지를 대리하여 오군을 지휘하고 오군의 군병을 언제든지 차출할 수 있는 권능(權能)을 지니게 될 것이다."

일순 사람들의 입이 쩍 벌어졌다.

황태자 주완룡은 지금 강만리에게 동창과 금의위는 물론 오군도독부의 모든 무력을 건네주는 것이었다. 즉, 이 나라의 병권(兵權)은 다름 아닌 강만리의 것이 되는 셈이었다.

사람들의 놀람과 달리 강만리는 내심 질색하고 있었다.

'아니, 어림창위만으로도 머리가 복잡한데, 무슨 또 새로운 직위를 하사하시는 거지? 정말 생각 같아서는 싹 다 물리고 싶은데……'

하지만 생각처럼 행동할 수가 없는 곳이 바로 황궁이며 또한 황태자 앞이었다.

결국 강만리는 내심과는 전혀 다르게, 황태자 주완룡의 성은에 감복한다고 억지로 말해야만 했다.

그런 강만리의 모습이 통쾌했을까.

주완룡이 껄껄 웃는 소리가 고개를 조아린 강만리의 머

리 위로 성은처럼 뿌려지고 있었다.

하지만 공은탁은 웃을 수가 없었다. 공은탁은 그 껄껄 웃는 주완룡의 웃음에 깃든 희미한 슬픔의 여운을 누구보다 절감하고 있었으니까.

'슬프시겠지. 아쉬우시겠지. 생각 같아서는 끝까지 붙잡고 놓아주지 않고 싶으시겠지. 당신이 황제가 되고 그를 오른팔로 두어서 천하를 호령하고 싶으시겠지.'

공은탁은 내심 중얼거렸다.

'하지만 결국 떠날 사람들…… 웃음으로 보내고자 하는 것도 전하의 마지막 호의이리라.'

공은탁이 그렇게 생각하는 동안, 황태자 주완룡은 웃음을 멈추고 다시 입을 열었다.

"항상 몸조심하도록 하라."

그리 말을 시작하는 주완룡의 표정에는 진심으로 강만리들의 안위를 걱정하는 빛이 담겨 있었다.

"내 아우들의 무위가 얼마나 고강한지는 잘 알고 있지만, 그래도 한 손으로 열 손 상대하는 건 어려운 일이다. 저 대양산 봉헌사의 중들이 아무리 날고 긴다 하는 무공을 지녔더라도 결국에는 십만 대군의 포위망을 뚫지 못하고 모두 목숨을 잃지 않았느냐?"

대양산 전투의 결과를 거꾸로 해석하면 그런 식으로도 이야기할 수가 있었다. 백 명의 절정고수는 십만 대군으로 백 명의 초절정고수는 백만 대군, 이백만 대군으로 상대한다면 결국에는 막을 수가 있지 않은가.

"명심하겠습니다, 전하. 전하께 걱정을 끼쳐 드리지 않도록 하겠습니다."

강만리는 의외로 순순히 대답했다.

"아, 그리고 한 가지."

그런 강만리의 머리를 내려다보던 주완룡이 불쑥 입을 열었다.

"행여라도 황궁을 나서는 길에 병부상서나 좌도독을 해치우겠다 하는 생각은 버리도록 하라."

"네. 그리하겠습니다, 전하."

당연하다는 듯 대답하는 강만리와는 달리 담우천과 장예추의 어깨는 저도 모르게 움찔거렸다.

안 그래도 그 두 사람은 이곳으로 오기 전에 강만리에게 그런 주장을 펼친 적이 있었던 것이었다.

만약 소부 곽우중이 훗날을 위한 마지막 한 수로 병부상서와 좌도독을 살려 둔 거라면, 후환을 방지하게 위해서라도 그들 두 사람의 목을 베는 게 낫다는 게 그들의 주장이었다.

―아니, 전하께서 허락하지 않을 겁니다.

하지만 강만리는 고개를 저었다.

―아버지와 어머니를 동시에 잃었습니다. 그런 마당에 병부상서를, 그것도 한 번 죄를 사해 준 그들을 죽일 리가 있겠습니까? 어쨌든 전하께서는 외조숙부, 외조숙모가 아닙니까? 절대 허락하지 않으실 겁니다. 아니, 먼저 전하께서 그 말씀을 꺼내실지도 모르겠습니다.

당시 그렇게 이야기했던 강만리는 살짝 고개를 들어 담우천과 장예추를 힐끗 바라보며 눈을 끔뻑거렸다. 내 말이 어떠냐, 하는 얼굴이었다.

담우천은 반응을 보이지 않았지만 장예추는 강만리의 그 잘난 척하는 얼굴에 눈살을 찡그렸다.

"그럼 먼 길을 떠나야 하니 다들 일어나도록 하라."

강만리와 일행은 천천히 몸을 일으켰다.

그때 주완룡은 문득 공은탁을 향해 손짓했다. 공은탁이 기다렸다는 듯이 커다란 보자기를 들고 왔다.

"내 자네들이 떠난다고 할 것 같아서 미리 작별 선물을 준비해 두었네."

"아니, 이런 것까지 다……."

선물을 받아 든 강만리는 진심으로 허리를 숙이며 말했다.

"우리가 없는 동안에도 부디 강녕하시기를 바랍니다. 행여 문제가 생기면 언제든지 불러만 주십시오. 한달음에 달려오겠습니다."

게서 강만리는 살짝 망설이다가 말을 덧붙였다.

"사형."

황태자 주완룡이 가만히 미소를 지었다.

그리고 작별이었다.

6장.
북경지부(北京支部)

일순 강만리도 장예추도 담우천도 아닌,
설벽린의 입에서 비명과도 같은 소리가 터져 나왔다.
사람들이 놀라 그를 돌아보았다.
믿을 수 없었다. 그 단어 하나를 입에 올리는 것만으로도
설벽린의 얼굴에는 식은땀이 배어 나오고 있었다.

북경지부(北京支部)

1. 저 양반에게 진 빚이 있거든

"역시 대사형이시라니까."

말을 타고 황궁을 나서는 설벽린은 희희낙락한 표정이었다. 수문 위사들이 설벽린과 동료들을 알아보고는 황급히 길을 터 주며 허리를 숙였다.

설벽린은 거만한 모습으로 그들에게 고갯짓하며 말을 이어 나갔다.

"내가 이걸 원했는지 어떻게 아시고 이렇게 미리 작별 선물로 준비해 주셨을까?"

말 등이 불편한 듯 이리저리 엉덩이를 씰룩거리던 강만리가 혀를 차며 말했다.

"그렇게 공짜 밝히다가 대머리가 된다."

"그런 대머리라면 얼마든지 되겠습니다."

"허어. 아무래도 너는 머리카락 없는 게 얼마나 가슴 아픈 일인지 전혀 모르는 모양이구나."

"뭐 형님은 아십니까?"

"됐다. 그만하자. 너랑 이야기하다 보면 자꾸만 군악, 그 녀석과 이야기하는 것 같구나."

"아, 군악 이야기가 나왔으니까 말인데요. 지금쯤 뭘 하고 있을까요?"

"몰라서 묻느냐?"

설벽린의 물음에 강만리는 당연하다는 듯 어깨를 으쓱거리며 대꾸했다.

"황궁을 떠난 지도 제법 시일이 흘렀으니, 지금쯤이라면 악양부에서 마구 날뛰고 있을 게다. 그리고 우리는 그 악동이 더는 함부로 날뛰지 못하도록 제어하기 위해서 악양부로 가는 길이고."

"아하! 하기야…… 옛 연인이었던 초운혜가 그 늙은 변태 괴물과 혼인하는 건, 아무리 군악이라고 하더라도 가만히 놔둘 리가 없겠죠. 그렇다면 지금쯤 악양부에서는 난리가 났겠군요."

"뭐 그게 일반적이겠는데……."

강만리는 고개를 갸웃거리며 자신 없는 투로 말을 이었다.

"군악이라면 또 어떻게 행동할지 영 감을 잡을 수가 없단 말이지."

설벽린이 이죽거렸다.

"천하의 형님도 군악에게는 한 수 접고 들어가시는군요."

"아니, 안 되겠다. 벽린."

강만리는 문득 서늘한 표정을 지으며 말했다.

"원래 고봉 어르신만 보낼 생각이었는데 마음이 바뀌었다. 벽린 넌 고봉 진인을 따라서 유주 유랑객잔으로 가도록 해라."

설벽린의 눈이 휘둥그레졌다.

"유랑객잔이요? 왜요?"

"그곳에 네 마누라가 있지 않느냐?"

"마누라라니요! 형님까지 그리 말씀하시면 안 되죠."

일순 설벽린은 울상을 지었다.

강만리는 드디어 저 유들거리는 설벽린에게 복수했다는 듯한 표정을 지으며 느긋하게 입을 열었다.

"꼭 네 마누라 때문만은 아니다. 얼마 가지 않아서 황궁의 일이 실패로 돌아간 걸 놈들도 알게 될 것이고, 아니 어쩌면 이미 알았을 수도 있겠지만, 어쨌든 놈들은 앞으로 더욱 격렬하게 부딪쳐 올 것이다. 최후의 결전을 위해서 지금껏 꼭꼭 숨겨 두었던 모든 무기와 병력을 다 꺼내 들어서 우리를 죽이려 들 거란 말이다."

설벽린의 표정이 진지해졌다.

함께 말머리를 나란히 한 채 북경부 거리를 터벅터벅 걸어가는 다른 동료들, 담우천과 설벽린 그리고 고봉 진인의 얼굴에도 진지한 빛이 역력했다.

강만리의 말이 이어졌다.

"그러니 우리도 단단히 준비해야겠지. 유랑객잔에서 그 똥보 주인장에게 훈련을 받는 중인 사람들이야 그렇다 치더라도, 북해빙궁과 모용세가의 고수들이라면 상당히 도움이 될 테니까."

아닌 게 아니라 지금 유랑객잔에는 아라와 무두르, 그리고 빙궁의 무사들이 남아 있었다. 그들 대부분 부상을 치료한다는 이유도 있었지만, 무엇보다 똥보 주인장에게 무공을 배우기 위해서 그곳에 머물고 있었다.

설벽린이 고개를 갸웃거리며 물었다.

"그렇다면 유랑객잔이 아니라 북해빙궁을 찾아가야 하는 게 아닙니까?"

강만리는 사람 구경을 하듯 거리 천천히 주변을 둘러보며 대답했다.

"똥보 주인장이 말했거든. 빙궁 쪽에 연락을 취해 보겠다고 말이야."

"헤에? 그 남의 일에는 절대 끼어들지 않는 사람이요?"

"그래. 그래도 제자의 일이라고 조금 신경을 써 주더구나. 어쨌든 지금 유랑객잔에 가면 빙궁 소식을 전해 들을 수 있을 게다. 아울러 이왕이면 유랑객잔을 빙궁과 모용세가의 전초(前哨)로 삼을 수 있도록, 네가 풍보주인장을 잘 설득해 봐라. 그게 네 할 일이다. 아, 물론 오래간만에 만나는 네 마누라도 이뻐해 주고."

강만리의 마지막 말에 설벽린은 심통 난 표정을 지으며 한마디 하려 했다.

일순 강만리가 먼저 "쉿." 하고 그의 말문을 가로막았다. 그리고 한 명의 중년인이 행인 사이를 비집고 나서며 말들의 앞을 가로막았다.

"어이쿠! 강 나리 아니십니까?"

중년인은 고개를 꾸벅이며 강만리를 알은척했다. 강만리는 좁쌀만 한 눈으로 중년인을 바라보다가 얕은 한숨을 내쉬며 물었다.

"십삼매가 보냈소?"

중년인은 활짝 웃으며 고개를 끄덕인 후 주위를 둘러보며 말했다.

"길가에서 이럴 게 아니라 잠시 제 객잔으로 가셔서 이야기를 나누는 건 어떻겠습니까? 진짜 모처럼 뵈었는데 한 끼 식사 대접이라도 해 드려야 할 게 아니겠습니까?"

"아, 됐고. 본론만 말했으면 좋겠는네."

설벽린이 중간에 나섰다. 중년인은 힐끗 설벽린을 보고는 다시 강만리를 올려다보며 입을 열었다.

"이야기가 제법 길어질 것 같아서 말입니다."

자신을 무시하는 듯한 중년인을 보고 설벽린이 발끈하려 했다. 하지만 강만리가 손을 뻗어 그를 제지하고는 중년인에게 말했다.

"급한 용무가 아니라면, 그리고 이야기가 길지 않다면 가만있지 않을 것이오."

중년인은 가만히 웃으며 말했다.

"물론입니다. 천하의 누가 미쳤다고 감히 무림오적의 심기를 건드리겠습니까?"

강만리는 한숨을 쉬었다. 설벽린이 재차 눈살을 찌푸리며 강만리에게 말했다.

"형님, 안 그래도 우리 바쁘잖습니까? 굳이 십삼매의 이야기 따위 들어 줄 필요가……."

"십삼매보다는 말이지."

강만리는 엉덩이를 긁적이며 말했다.

"저 양반에게 진 빚이 있거든."

"네? 저자가 누군데요?"

설벽린이 눈을 휘둥그레 뜨며 물었다.

2. 염근초

 염근초는 황계 북경 지부(北京支部)의 부주(部主)였다.
 그는 지난 십 년 전에도 북경 지부주였으며 지금도 마찬가지였다. 강만리가 황궁 연쇄살인 사건을 해결하는 와중, 커다란 부상을 당했을 때도 역시 염근초가 북경의 지부주였다.
 당시 염근초는 강만리와 예예의 편의를 위해서 알게 모르게 많은 것을 지원했고, 또 손발 빠르게 움직여서 강만리의 회복을 도와주었다.
 물론 그러한 사실은 십삼매가 강만리에게 말해 주지 않았다면 전혀 알 수 없는 뒷이야기들이었다. 당시 십삼매가 강만리에게 '염 지부주가 아니었다면 당신을 구하지 못했을지도 몰라요.'라고까지 말했으니까.
 황궁을 나선 강만리 일행의 앞을 가로막은 중년인이 바로 그 북경 지부주 염근초였다.
 그러니 강만리가 쉽게 그의 초대를 거절할 수가 없었고, 결국 어쩔 도리 없이 염근초를 따라 그가 운영하는 객잔, 황계의 북경 지부에 들어서야만 했다.
 말에서 내린 강만리 일행은 노련한 점소이의 안내를 받으며 객잔 이 층으로 올라갔다. 미리 준비한 것인지, 아니면 아직 시간이 일러서인지는 모르겠지만 이 층은 손님 한 명 없이 텅 비어 있었다.

그들이 창가의 넓은 자리에 앉자 곧 십여 가지의 요리와 술이 나왔다. 심드렁한 얼굴로 젓가락을 깨작거리다가 요리 한 점을 집어 먹은 설벽린의 눈이 이내 휘둥그레졌다.

"이야, 정말 맛있는데요? 저 황궁의 맛없는 음식과는 전혀 비교되지 않아요!"

"하하. 그렇게 말씀하시기에는 우리 숙수도 황궁 출신이라서 말입니다."

염근초의 유쾌한 목소리가 들렸다. 그는 이 층 계단을 따라 올라와 강만리 일행이 앉은 탁자로 다가왔다.

"우리 숙수들이 최선을 다해 만든 요리들입니다. 식기 전에 어서 드시죠."

염근초의 거듭된 권유와는 다르게, 강만리는 젓가락조차 집지 않았다. 그는 염근초의 얼굴을 올려다보며 말했다.

"이야기가 길다고 하셨으니 저쪽으로 앉으시죠."

"그럼, 무례를 무릅쓰고 동석하겠습니다."

염근초가 강만리의 맞은편에 앉았다. 강만리는 곧바로 질문을 던졌다.

"그래, 무슨 일이오? 왜 십삼매가 나를 찾는 것이오?"

"그게 그러니까……."

염근초가 한숨을 쉬며 입을 열었다.

"소야 때문입니다."

"소야?"

일순 강만리도 장예추도 담우천도 아닌, 설벽린의 입에서 비명과도 같은 소리가 터져 나왔다.

사람들이 놀라 그를 돌아보았다.

믿을 수 없었다. 그 단어 하나를 입에 올리는 것만으로도 설벽린의 얼굴에는 식은땀이 배어 나오고 있었다.

무림오적 중에서 소야를 알지 못하는 이는 없었다. 누구든 최소한 그 악명(惡名)을 들어 본 적이 있고, 한 번 정도 마주치거나 대화를 섞은 적도 있었다.

하지만 설벽린은 조금 다른 경우였다.

그는 소야가 소야진지 모르는 상황에서 그와 함께 술을 마셨고, 그때 소야가 얼마나 광오하고 무서우며 강한 무위를 지닌 아이인지 제대로 알게 되었다.

하지만 소야의 그 무지막지한 무위보다 설벽린을 두렵게 만든 건 역시 그의 정신 상태였다.

소야는 수사적인 표현이 아닌, 말 그대로 사람의 목숨을 마치 개미처럼 여겼다. 소야에게 있어서 사람의 목숨이란 언제든지 손톱으로 눌러 죽이거나 발로 짓밟을 수 있는 정도의 무게에 불과했다.

물론 강호에서는 사건도 많이 벌어지고 무림인들은 허구한 날 싸운다. 다치기도 많이 다치고 또 죽기도 많이 죽는다.

 게다가 하룻밤 사이에 백여 명을 죽여 살명(殺名)을 드높인 살인자도 있고, 여자나 어린아이만을 골라 죽이는 연쇄살인마도 있었다.

 하지만 소야는 그들과 전혀 달랐다.

 연쇄살인마에게 있어서 살인은 쾌락이 될 수 있고, 무림인들에게 있어서 살인은 생존의 본능이라고도 할 수 있지만 소야에게는 아무것도 없었다.

 그에게 있어서 살인은 쾌락도, 생존의 본능도, 심심풀이도 아니었다. 그에게 살인이라는 건 무감각한, 아무런 감정도 없는, 본능도 무의식도 아닌, 그저 단순하고 평범한 행동에 불과했다.

 설벽린은 단 하룻밤 사이에 소야의 그 무시무시함을 똑똑히 겪었다. 아마도 무림오적 중, 아니 십삼매를 비롯한 황계 사람들까지 포함해서 설벽린이야말로 소야의 무서움을 가장 잘 아는 사람이라 해도 과언이 아니었다.

 "소야가 왜요?"

 강만리가 묻자 염근초는 문득 활짝 웃으며 손을 모아 그에게 인사했다.

 "아, 아직 인사를 하지 않았군요. 뒤늦게나마 축하드립니다. 어림창위의 총수가 되신 것, 그리고 어림오군어사라는 직책을 새로 받으신 것 모두 진심으로 축하드립니다."

"아…… 고맙소이다."

강만리는 살짝 떨떠름한 표정을 지으며 말했다.

역시 염근초는 최고 중요 거점이자 격전지라 할 수 있는 북경 지부에서 무려 십 년 이상 장(長)을 맡을 정도로 영리한 자였다.

우선 소야를 언급함으로써 사람들의 이목이 자신에게 쏠리게 한 다음 이야기의 주도권을 잡았다. 그리고 간단한 축하 인사 속에서 황계의 정보력이 아직도 건재하다는 것을 과시하고 있었다.

염근초는 웃으며 말을 이었다.

"여러분들의 노고를 치하하기 위해서 작으나마 정성을 다해 선물을 준비했으니 앞으로의 여정에 적잖은 도움이 되기를 바라겠습니다."

"감사하오. 하지만 그 선물보다는 십삼매가 왜 소야 때문에 우리를 보고 싶어 하는지, 그게 궁금하구려."

강만리는 거두절미(去頭截尾), 곧바로 본론을 파고들었다.

염근초는 이내 무거운 안색을 지으면서 길게 한숨을 내쉬었다. 그는 그렇게 듣는 이들의 호기심과 궁금증을 달아오르게 만들면서 천천히 입을 열었다.

"소야께서…… 소홍과 혼인하고 싶어 하십니다."

"응?"

"뭐?"

잔뜩 긴장한 채 귀를 기울이고 있던 강만리와 사람들의 눈이 커졌다. 놀라거나 있을 수 없는 이야기를 들었다는 얼굴이 아니라, 그들 모두 '지금 왜 그런 생뚱맞은 이야기를 하는 거지?' 하는 표정들이었다.

"흐음."

담우천은 별것도 아닌 이야기에 괜한 신경을 썼다는 듯이 가까이 달라붙었던 탁자에서 몸을 멀리 떼어 앉았다.

장예추도 이해가 가지 않는다는 듯이 고개를 갸웃거리며 물었다.

"혼인시켜 주면 되지 않습니까? 그게 그리 문제가 되는 일입니까?"

설벽린이 코웃음을 치며 말을 받았다.

"소야 그 녀석 성격으로는 단 열흘도 같이 살지 못할걸? 소홍이 그에게 맞아 죽거나 아니면 도망치거나…… 도망칠 곳이 있다면 말이지."

묵묵히 엉덩이만 긁적거리고 있던 강만리의 눈빛이 한순간 빛났다. 과거, 막 포두가 되었을 당시의 기억 한 토막이 떠올랐던 것이었다.

십삼매와 처음 만나게 되었던, 그리고 화군악과 기나긴 악연(惡緣)을 맺게 된 그날의 기억이.

3. 역시 그 늙은이들 때문이오?

그날은 십삼매가 황계의 신임 계주(契主)가 되고 첫 번째로 개최한 황계 총회의 날이었다.

또한 그날은 우연찮게 그 자리에 끼어들었다가 화군악과 함께 십삼매의 목숨까지 구해 준 것으로, 강만리는 그녀와 인연을 맺게 된 날이기도 했다.

'나중에 십삼매가 말하기를, 총회가 끝난 그날 허 노야가 어린 계집 하나를 소개해 줬다지. 그리고 그 계집아이가 바로 소홍이었고.'

십삼매와 처음 만났던 날의 기억은 언젠가 그녀를 통해 들었던, 소홍에 관한 기억으로 이어졌다.

허 노야는 당시 금룡회라는 고리대금업체를 운영하는 자로, 강만리도 그에게 꽤 많은 돈을 빌려 쓴 적이 있었다. 훗날 강만리는 바로 그 허 노야가 유령교의 이인자라는 사실을 알게 되며 꽤 놀라야만 했다.

'그러니까 그 소야라는 애송이도 유령교와 관련이 있다고 하지 않았던가?'

강만리가 눈살을 찡그리며 염근초를 바라보았다.

염근초는 사람들의 이어지는 질문에 쉽사리 대답하지 못하다가 결국 길게 한숨을 쉬며 입을 열었다.

"그게…… 절대 두 분은 혼인할 수가 없거든요. 애당초 그렇게 딱 정해져 있는 관계입니다."

"뭐? 개와 고양이? 개와 원숭이? 그 정도 관계여서요?"

"아니, 그런 건 아닙니다만……."

염근초가 제대로 대답하지 못하며 전전긍긍할 때, 그의 표정을 살피던 강만리가 천천히 말했다.

"남매지간(男妹之間)이니 혼인할 수가 없겠지."

일순 사람들의 입이 쩌억 벌어졌다.

"그, 그게 정말입니까? 소야와 소홍이 남매지간이었어요?"

설벽린이 흥분해서 물었다.

"십삼매에게 이미 들으셨습니까?"

염근초도 물었다.

"아니, 그냥 그렇지 않을까 생각해 봤을 뿐이오. 두 사람 나이도 비슷하고, 또 생김새도 비슷하다는 소리를 들은 적이 있어서……."

"아!"

탄성을 올리며 제 이마를 툭 친 이는 다름 아닌 설벽린이었다.

"그렇군! 그때 누군가와 상당히 닮았다고 생각했는데, 그게 바로 소홍이었구나! 이런 바보 같으니라고! 왜 미처 그 생각을 하지 못했지? 그래! 두 사람이 남매였군그래!"

설벽린은 자신이 제일 먼저 알아차리지 못한 것에 대해

아쉽다는 듯이 연신 투덜거렸다.

염근초는 놀라고 당황한 눈으로 강만리를 바라보다가 결국 고개를 저으며 말했다.

"정말이지, 이제는 놀라지 않으려고 했는데…… 강 총수께서는 언제고 사람을 놀라게 하는 재주를 가지고 계십니다."

"뭐 재주라고 할 것까지야. 그저 조금 좋은 기억력, 거기에 조금 좋은 관찰력, 그리고 그 두 개를 연관 지어 하나의 그림을 그릴 줄 아는 정말 뛰어난 머리, 겨우 그 정도만 가지고 있을 뿐이오."

"아휴, 꼴 보기 싫어! 하여튼 형님이 자랑할 때의 표정을 형님이 직접 봐야 하는데요."

설벽린의 비아냥을 뒤로한 채 강만리는 계속해서 입을 놀렸다.

"두 사람이 남매지간이라면 사실대로 이야기하면 되지 않소? 그렇게 어려운 일도 아닌 듯한데."

"그게 생각보다 훨씬 난처하고 곤란한 사정이 있습니다. 아, 그리고 오늘 이야기는 그 누구에게도 절대 발설하시면 안 되는 비밀입니다. 두 사람이 남매라는 사실부터 말입니다."

염근초는 땀을 닦으며 다시 한번 주의를 주었다.

강만리는 어깨를 으쓱거렸다. 담우천은 이미 흥미를 잃

었다는 표정이었고, 설벽린은 이보다 더 재미있는 이야깃거리가 어디 있느냐는 얼굴을 지었다.

장예추는 턱을 매만지며 뭔가 생각하는 표정이었고, 구석진 자리에 앉아 있던 진재건은 염근초의 말에는 전혀 신경 쓰지 않은 채 창밖을 내다보고 있었다.

이 층 창밖으로 거리를 오가는 행인의 모습이 보였다. 때는 정오 무렵, 햇살은 눈부셨고 뜨거웠으며 사람들의 발길은 바쁘게 움직였다.

요 며칠 동안 황궁에서 동전과 금은(金銀)을 교환해 준 것 때문일까. 오가는 행인의 얼굴은 하나같이 밝았고, 부유해 보였다. 창밖으로 내려다보이는 그들은 모두 다 행복하고 즐거워 보였다.

'나도 행복해지고 싶은데 말이지.'

진재건은 피곤함에 절은 눈빛으로 사람들을 내려다보며 그렇게 내심 중얼거렸다.

사실 황궁에서 가장 바빴던 이는 강만리도, 담우천도, 설벽린도 아니었다.

그들의 명령에 따라 이리 뛰고 저리 뛰며 동창과 금의위에 연락하고 지시하며, 한편으로는 매번 태자내관 공은탁을 만나서 황태자 주완룡의 뜻을 강만리에게 전하고 반대로 어림창위의 행사를 황태자에게 전하는 등 그야말로 정신없이 보내야만 했던 게 바로 진재건이었다.

모르기는 몰라도, 아직까지 햇빛 한 점 들어오지 않는 서가에서 온갖 장부와 씨름하며 들고 나간 금액을 정리하고 있을 중서사인 조자헌과 더불어, 보이지 않는 곳에서 가장 고생을 많이 했던 두 사람 중 한 명이 진재건이라고 할 수 있었다.

 그 고되었던 날들의 여파가 아직 가시기도 전에 이번에는 악양부까지 강행군을 펼쳐야 했다.

 그래서 진재건은 차라리 이 자리에서 자신의 정체를 밝히고 도망치는 게 낫지 않을까, 진지하게 고민하는 중이었다.

 '그나저나 염 지부주도 대단하다니까. 날 보고도 전혀 눈빛 하나 흔들리지 않는 걸 보면 말이지.'

 진재건이 문득 그런 생각을 하면서 무심한 눈길로 창밖을 내다보고 있을 때, 염근초는 강만리들을 향해 솔직하게 속사정을 이야기하고 있었다.

 "그 두 분이 남매, 쌍둥이라는 사실은 오로지 십삼매와 유령교의 허 봉공밖에 알지 못했습니다. 저도 이번에 그 사실을 알고 깜짝 놀랐으니까요. 지금도 황계 수만의 인원 중에서 그 사실을 제대로 알고 있는 사람은 다섯이 채 되지 않을 겁니다."

 염근초가 너무 변죽을 울린다 싶었는지, 강만리는 가볍게 눈살을 찌푸리며 입을 열었다.

"그래서, 도대체 우리에게 뭘 원하는 것이오? 설마 지금 당장 사천 성도부로 달려가서 소야라는 애송이를 달래 주라는 건 아닐 테고."

염근초는 이미 흠뻑 젖은 수건으로 다시 목과 이마의 땀을 닦으며 말했다.

"그랬으면야 더할 나위 없이 좋겠지만, 여러분들께서 그렇게 한가하시지는 않잖습니까?"

강만리는 엉덩이를 긁으며 퉁명스레 대꾸했다.

"물론이오. 지금 곧바로 악양부로 가야 하오. 군악이 그곳에서 어떤 상황에 처해 있는지 전혀 알지 못하니까. 담호와 소자양이 제대로 해 나가고 있는지 알 수 없으니까. 무엇보다 강호오괴 그 노괴물들이 별다른 소동이나 난리를 피우지는 않았는지 모르니 말이오."

"그게……."

염근초의 표정이 일순 일그렸다가 다시 원상태로 회복하는 걸 강만리는 놓치지 않고 보았다.

"음? 무슨 일이라도 있었소, 그들에게?"

강만리의 예리한 질문을 받은 염근초는 쉽게 대답하지 못하고 망설이다가 이윽고 길게 한숨을 내쉬며 입을 열었다. 벌써 몇 번이나 쉬는 한숨인지 몰랐다.

"그게 그러니까…… 화 소협께서는 아직 악양부에 당도하지 못하셨습니다."

"음? 그건 또 무슨 말이오?"

강만리의 눈이 휘둥그레졌다.

확실히 염근초의 말은 의외였다. 장예추나 설벽린은 물론 아무 관심도 주지 않은 채 지그시 눈을 감고 있던 담우천마저 눈을 뜨며 그를 바라보았으니까.

염근초는 다시 수건으로 목덜미의 땀을 닦으며 말했다.

"그게…… 화 소협께서는 여러 가지 사건이 있어서 최소한 이틀 전까지는 악양부에 당도하지 못하셨습니다. 아, 그렇다고 화 소협 일행에게 무슨 큰 문제나 변고가 생긴 건 아닙니다. 그저 자잘한 사고와 사건들이…….'

"역시 강호오괴, 그 늙은이들 때문이오?"

7장.
첫 경험

"그렇지만 말이네.
그 뜨거웠던 감정도,
금방이라도 불타서 재가 될 것만 같았던 심장의 열기도,
한없이 행복했다가 한없이 슬펐다가를 반복하던 감정의 혼란도,
사랑하고 미워하고 질투하고 토라지고 삐치고 앵돌아지던
그 모든 감정의 편린들도,
결국 시간이 지나고 세월이 흐르면서 퇴색된 채
그저 기억 한편을 차지하는 수많은 조각 중 하나가 될 뿐이라는 것을…….
그 당시에는 전혀 알지 못하는 게 또 우리 사람인 게지."

첫 경험

1. 동정(童貞)인 게야?

"모쪼록 잘 부탁한다."
 강만리는 화군악에게 신신당부했다. 화군악이 걱정하지 말라는 듯 웃으며 말했다.
"담호나 자양 모두 한 사람 몫은 충분히 해내는 친구들이라니까요."
"그게 아니다. 내가 걱정하는 건 강호오괴들이거든."
 강만리는 진짜 걱정되어 죽겠다는 표정으로 말했다.
"그 노인네들의 주책으로 괜히 너와 아이들까지 잘못되는 일이 없도록 잘 보살펴라. 만약 정 아니다 싶으면 그들과의 인연을 끊는 것도 생각해 보고."

냉정한 말이었다.

사실 이때 강만리는 이미 황후와 황제를 암살하고자 하는 계획을 세우고 있었다. 그래서 모든 감각과 감정이 뾰족하게 솟구친 상태였고, 그래서 그토록 냉정한 말을 아무 거리낌 없이 내뱉을 수가 있었다.

하지만 그게 화군악에게 있어서는 살짝 마음에 상처가 되는 말이 되었다.

-형님도 참. 그래도 강호오괴가 저를 주인으로 모시고 진심으로 따르는데 어찌 함부로 인연을 버리라고 하십니까?

평소 같았으면 그렇게 따질 법도 했지만 이왕 떠나는 자리, 서로 괜히 얼굴 붉힐 필요가 없다고 생각한 화군악은 알겠다는 듯이 고개를 끄덕이며 말했다.

"생각해 보죠."

화군악은 그렇게 담호, 소자양, 강호오괴를 데리고 만해거사와 함께 황궁을 나서 악양부로 향했다.

북경부에서 악양은 그야말로 대륙을 횡단하는 기나긴 여정이었다. 하북을 지나고 하남을 거쳐 광대한 호남성의 절반에 이르러야만 당도할 수 있는 머나먼 길, 그야말로 수만 리나 되는 여행길이었다.

하지만 사람들은 모두 즐겁고 들뜬 얼굴들이었다.

하기야 그간 새장에 갇힌 새처럼 황궁에 갇힌 채 꼼짝

달싹하지 못했으니, 평소 대륙을 떠돌며 온갖 모험을 즐기던 강호 무림인들에게 있어서 이보다 더 즐거운 여행이 어디 있겠는가.

특히 강호오괴가 더더욱 그러했다.

그들은 화군악의 제지에도 아랑곳하지 않은 채 관도를 따라 수십 리 말을 달렸다가 흙먼지를 일으키며 다시 돌아오기를 반복했다.

"행인들에게 피해를 주잖습니까? 그만 좀 하라니까요?"

화군악이 눈살을 찌푸리며 말했지만 잔뜩 들뜬 강호오괴에게는 소용이 없었다.

"잠시만 더 달려오고 오겠습니다, 주인 나리!"

"앞에 뭔가 매복하고 있는 자들이 있는지 확인해 보겠습니다, 주인 어르신!"

강호오괴는 그렇게 소리치며 다시 흙먼지를 일으키며 말을 달려 나갔다. 순식간에 관도 끝자락까지 달려간 그들의 모습은 이내 시야에서 사라지고 보이지 않았다.

"아, 진짜 어린아이 냇가에 내놓은 심정이네."

화군악이 투덜거리자 만해거사가 웃으며 말했다.

"잠시 그냥 놔두게. 저것도 하루 이틀이지 얼마 가지 못할 것이야."

만해거사의 말은 정확했다. 북경부를 나선 지 이틀이

되기도 전에 강호오괴는 말을 달리는 게 지루해졌는지 더 이상 달려 대지 않게 되었다.

"왜? 매복하는 자들이 있는지 확인하지 않고서?"

화군악이 이죽거렸다. 강호오괴는 기다렸다는 듯이 한숨을 쉬며 투덜거렸다.

"그 흔한 산적이나 강도 한 마리도 보이지 않더라고요."

"우리가 강호를 떠나 있을 동안 세상이 많이 바뀐 모양입니다. 어제 하루 종일 시비를 거는 자들도 없잖습니까?"

아닌 게 아니라 어제 그들이 들른 객잔이나 주루에서는 별다른 일이 벌어지지 않았다. 툭하면 시비를 트고 싸움을 거는 무뢰한들이나 불량한 무림인들의 모습은 하나도 찾아볼 수 없었다.

반면 모두 희희낙락한 채 뭔가 즐거워하며 기대하는 표정의 무림인들만이 자리에 앉아서 술을 먹거나 밥을 먹었다.

"아무래도 역시 악양부의 혼인식 때문일 게야."

만해거사가 입을 열었다.

"칠십 대 늙은이와 스물대여섯 꽃다운 처자의 혼인식이니만큼 온갖 상상이 머릿속에 떠오르지 않겠나? 게다가 그들이 천하의 오대가문 사람들이니 더더욱 그럴 수밖에. 그렇게 머릿속이 온갖 해괴한 상상으로 가득 차 있을 테니 역시 싸우는 건 이미 뒷전인 게지."

그의 말에 소자양과 담호의 얼굴이 붉어졌다.

문득 그걸 본 화군악이 피식 웃으며 그들에게 물었다.

"설마 둘 다 아직 계집 경험이 없는 거야?"

담호는 고개를 숙였고, 소자양은 사레라도 들린 듯 헛기침을 하기 시작했다.

화군악은 다시 짓궂은 표정으로 되물었다.

"설마 둘 다 동정(童貞)인 게야? 그 나이가 되도록?"

소자양이 발끈하듯 대답했다.

"동정은 함부로 버리는 게 아닙니다. 자고로 사랑하는 여인과 진심으로 교감을 이뤘을 때 비로소……."

"쯧쯧."

화군악이 혀를 찼다.

"나는 너희들 나이 때에 벌써 수백 명의 계집을 안았거늘. 계집을 제대로 다룰 줄 아는 것도 무림인이 지녀야 할 필수 기술 중 하나라고."

"에이, 말도 안 됩니다. 어떻게 여인을 다루는 게 무림인의 필수 기술이 되겠습니까?"

소자양이 반항하듯 말하자 화군악이 눈을 휘둥그레 떴다.

"어어? 정말 몰라서 그렇게 말하는 거야?"

화군악은 곧 진지한 표정을 지으며 말했다.

"건곤가의 수많은 고수 중에서 한조라는 자가 있었지. 아! 혹시 들어는 봤나? 낮에는 여인이고, 밤에는 사내가 된다는 음양쌍인(陰陽雙人) 말이야."

담호가 여전히 고개를 숙인 채 천천히 말을 모는 가운데 소자양은 살짝 붉어진 얼굴로 대답했다.

"네. 세상에는 인요(人妖)라고, 남녀의 그게 한 몸에 있는 사람이 있다고 들어 봤습니다."

"그래. 바로 그 한조라는 고수가 인요였지."

화군악의 이야기가 흥미를 끌어냈는지, 그의 주변으로 강호오괴가 슬그머니 말을 몰아서 다가왔다. 화군악은 어깨를 으쓱거리며 말을 이었다.

"언젠가 사천당문에 들렀다가 돌아오는 길에 우연히 그 한조라는 자를 만났지. 언뜻 보기에는 남장(男裝)을 한 예쁜 계집 같았지만, 말투나 태도는 영락없는 사내였지."

한때 누군가 그 한조를 보고 이렇게 말한 적이 있었다.

-남장(男裝)이 그토록 잘 어울리는 계집은 없었으니까. 하지만 황궁에 익숙해지면서 가끔 여장(女裝)을 하더군. 그때도 놀랐네. 여장이 그토록 잘 어울리는 계집도 본 적이 없었으니까

"왜, 어떻게 싸우게 된 건지는 기억이 희미하지만, 어

쟀든 그 한조라는 인요와 목숨을 건 승부를 벌이게 되었거든. 뭘로 그 인요와 싸웠는지 알겠지?"

화군악의 갑작스러운 질문에 소자양이 당황해할 때, 강호오괴가 침을 꿀꺽 삼키며 앞다퉈 대답했다.

"당연히 누가 더 정사(情事)를 잘하느냐, 하는 것으로 싸웠겠죠."

"누가 먼저 상대를 절정으로 보내느냐, 라는 걸로 싸우시지 않았을까요?"

화군악이 고개를 끄덕였다.

"맞아. 몸을 섞어서 누가 먼저 절정에 오르느냐, 하는 것으로 승패를 정하기로 했지. 먼저 절정에 오른 자가 지는 거야. 아아, 돌이켜 보면 정말이지 치열하고 끔찍한 육전(肉戰)이었어. 한순간 정신이 흩어지면 그대로 패배하게 되는, 모든 기술과 요령을 동원하여 반드시 나보다 먼저 상대를 절정에 이르게 만들어야 하는…… 그 이후로는 그렇게 치열한 잠자리를 가진 적이 없었으니까."

소자양의 얼굴이 더욱 붉어졌다. 하지만 그 붉어진 얼굴만큼 궁금증도 컸는지, 소자양은 화군악을 똑바로 바라보며 물었다.

"그래서 누가 이겼습니까?"

2. 어느 쪽이랑 승부했습니까?

그때였다.

"어허! 질문은 그리하는 게 아니다."

강호오괴 중 전문가인 노행가가 혀를 차며 소자양을 나무랐다.

"모름지기 질문이라는 건 요지를 살피고, 핵심을 짚어서 해야 하는 법이다. 그래야만 단 하나의 질문으로 상대를 꼼짝하지 못하게 할 수도 있고, 감동하여 울게 만들 수도 있으며, 자신의 모든 걸 고스란히 드러내게 할 수도 있는 게다. 이른바 촌철살인(寸鐵殺人)이라는 게지."

그의 지적에 소자양은 고개를 숙였다.

그러자 '한번 맞춰 봐'라는 특이한 별명을 지닌 시시간이 고개를 끄덕이며 말을 이었다.

"그렇지. 질문은 요렇게 하는 거란다. 이번 경우라면 그러니까 그 인요 중 어느 쪽이랑 승부했습니까? 남자 쪽, 아니면 여자 쪽?"

일순 노행가를 비롯한 나머지 강호오괴가 모두 감탄하며 무릎을 두드렸다.

"허어! 좋은 질문!"

"그야말로 촌철살인의 질문이로구나!"

하지만 화군악의 반응은 전혀 달랐다.

"정말이지, 말도 안 되는 질문은 하지 마세요."

화군악이 짜증 난 얼굴로 질책했다.

"말이라고 다 말이 아니라니까요. 자꾸만 그렇게 말도 안 되는 말을 하면 곧바로 빙궁으로 돌려보낼 겁니다."

그의 엄포에 강호오괴는 이내 새파랗게 얼굴이 질린 채 차마 고개를 들지 못했다.

노행가의 가르침에 고개를 숙이고 있던 소자양이 씨익 미소를 지으며 그들을 둘러보았다.

화군악은 길게 한숨을 내쉬며 고개를 설레설레 흔들었다.

"남자 쪽인지, 여자 쪽인지…… 그런 걸 질문이라고 하다니, 도대체 평소에 무슨 생각을 하고 있는지 모르겠다니까."

강호오괴는 아무런 대꾸도 하지 못한 채 그저 자기네끼리 눈을 흘기며 서로를 탓할 따름이었다.

* * *

밤이 깊었다.

미처 하룻밤 묵을 만한 마을을 발견하지 못한 화군악 일행은 관도에서 그리 떨어지지 않은 숲 공터를 찾아서 노숙을 준비했다.

그들은 말들을 나무에 묶어 두고 모닥불을 피운 후, 주변에 둘러앉아서 건량과 술로 가볍게 허기를 때웠다.

아침에 객잔에서 출발하면서 챙긴 술병을 나눠 마시던 강호오괴가 다시 침을 삼키면서 화군악에게 말을 걸었다.

"조금 전 하시던 이야기의 끝이 궁금합니다만, 어떤 방법을 사용해서 그 인요라는 자를 함락시켰을까요? 그 세세한 설명과 묘사를 듣고 싶은데요? 특히 손가락과 혀, 그리고 아랫도리, 이 세 뿌리[根]의 활약에 대해서 말이죠."

화군악은 살짝 삐친 표정으로 퉁명스레 말을 받았다.

"다섯 분에게는 들려 드리기가 싫은데요? 만약 내가 세세하게 설명하면 또 사내 쪽인지 계집 쪽인지 궁금해하실 것 같아서요."

다른 노괴들이 울상을 짓는 가운데, 무식쟁이 대노조가 소곤거렸다.

"거봐. 내가 분명히 삐쳤다고 했지?"

무불통지 노로통이 수염을 쓰다듬으며 허허 웃었다.

"가벼운 농으로 한 말을 가지고 그리 진지하게 대하시면 우리가 나쁜 놈이 되잖습니까? 그러니 노여움을 푸시고 이야기해 주시죠. 저 어린아이들도 꽤 기다리고 있지 않습니까?"

화군악은 고개를 돌렸다.

그와 눈이 마주친 순간 소자양과 담호의 머리가 자라처럼 쏙 들어갔다. 부끄러운 와중에도 호기심이 깃든 표정들이었다.

화군악이 저도 모르게 피식 웃었다. 그러고는 어깨를 으쓱거리며 물었다.

"확실히 다음 이야기가 궁금하더냐?"

담호가 쑥스러워 아무런 말도 하지 못할 때, 그래도 나이 더 먹은 형이라고 소자양이 웃는 낯으로 말했다.

"아직까지는 왜 여인들을 잘 다루는 게 무림인의 소양인지 잘 모르겠습니다."

"허어, 이 멍청한 녀석!"

화군악이 화를 내며 말했다.

"생각해 봐라. 만약 내게 계집 다루는 실력이 부족하고 계집이 절정에 이르게 만드는 방법을 알지 못했다면, 그때 한조에게 패했을 것이며 당연히 목숨을 잃었겠지. 하지만 그 치열하고 처절했던 전투에서 내가 이겼기에 이리 살아 있을 수 있는 게 아니겠냐?"

"호오, 이기셨습니까?"

강호오괴가 눈빛을 반짝이며 묻자 화군악은 문득 묘한 표정을 짓더니 이내 말을 회피했다.

"어쨌든 칼에 대해서 잘 알아야만 비로소 칼을 제대로

사용할 수 있듯이 계집도 마찬가지다. 계집에 대해서 잘 알아야만 그녀들을 상대할 수 있는 법이다."

소자양이 다시 반박하려 들 때, 그때까지 침묵한 채 입을 열지 않고 있던 만해거사가 고개를 끄덕이며 말했다.

"그건 군악 말이 옳다."

사람들의 눈이 일제히 만해거사에게로 쏠렸다. 만해거사는 계속해서 말을 이어 나갔다.

"강호 무림에서 죽지 않고 살기 위해서는 많은 경험이 필요한 법이지. 싸움의 경험이나 요령은 물론이거니와 사람을 상대할 줄도 알아야 하고, 살기나 속임수를 눈치챌 줄도 알아야 하며, 독이나 함정도 미리 대비할 줄 알아야 하지. 그런 것들은 글이나 말로 배우는 게 아니라 실전과 현실의 경험을 통해서 단련되는 법이란다."

부끄러움에 고개를 숙이고 있던 담호도 어느새 만해거사를 똑바로 바라보고 있었다. 문득 만해거사가 그런 담호를 돌아보며 물었다.

"강호에서 가장 조심해야 할 상대가 누구라고 배웠느냐?"

담호가 조심스레 대답했다.

"어린아이와 늙은이, 그리고 여인이라고 배웠습니다."

"그렇지. 어린아이는 해맑고 순수한 얼굴로 다가와 느닷없이 비수를 날릴 수가 있으니까. 늙은이는 그 숱한 경험을 통한 오만 가지 술책과 계략을 펼치니까. 그리고 여인은?"

"여인은…… 그러니까……."

"달콤한 향기와 부드러운 눈빛으로 둔부를 살랑거리면서 다가와 사내의 혼을 빼놓은 다음 다정한 목소리와 함께 사내의 목숨까지 빼앗아 가는 게 바로 여인이기 때문이다."

그렇게 말하는 만해거사의 목소리는 부드러웠지만, 또 한편으로는 한없이 진지하여서 설득력이 넘쳐흘렀다.

당연한 일이었다. 그건 반백 년을 훌쩍 넘게 강호에서 살아온 그의 경험이었으니까.

3. 지나고 보면

"으음."

가만히 듣고 있던 소자양이 저도 모르게 얕은 신음을 흘리며 몸을 부르르 떨었다. 새삼 여인들이 두렵고 무섭게 느껴진 까닭이었다.

만해거사의 말은 계속 이어지고 있었다.

"특히 강호초출(江湖初出)의 젊은이들은 순수한 만큼 또 열광적이기도 하지. 그래서 강호의 마녀(魔女)나 색녀(色女)들에게 홀려서 정기(精氣)를 잃고 전 재산을 빼앗기고 무공은 물론 심지어 목숨까지 잃게 된단다. 나는 그렇게 제대로 꽃 한 번 피우지 못한 채 목숨을 잃은 영협(英俠)들을 너무나 많이 보아 왔지, 지금껏 살아오면서 말이다."

소자양과 담호의 얼굴에서는 붉은 기가 사라졌다. 그들의 얼굴에는 부끄럽고 수치스러웠던 기색 대신 더없이 진지한 표정이 자리를 잡았다.

"그래서 젊은 시절에 많은 여인을 만나고 사귀라고 하는 게다. 그 하나하나의 경험을 통해서, 여인을 대하는 방법이라든지 여인을 대하는 감정이라든지 같은 것들을 배우고 단련할 수가 있으니까."

"암요. 원래 외골수라는 게 대체적으로 딱 한 번 만난 계집에 홀딱 빠지면 그렇게 되는 거거든요. 헤어지자는 연인을 쫓아다니며 괴롭히다가 살해하는 것도, 그 헤어짐을 견디지 못하고 스스로 목숨을 끊는 것도 모두 다 경험 부족에서 벌어지는 이야기들이니까."

화군악은 대수롭지 않다는 듯이 말을 덧붙였다.

"사실 다 지나고 보면 별것 아닌 일들인데 말이지."

"맞네. 다 지나고 나면 아무것도 아니네."

만해거사가 고개를 끄덕이며 말했다.

"그렇지만 말이네. 그 뜨거웠던 감정도, 금방이라도 불타서 재가 될 것만 같았던 심장의 열기도, 한없이 행복했다가 한없이 슬펐다가를 반복하던 감정의 혼란도, 사랑하고 미워하고 질투하고 토라지고 삐치고 앵돌아지던 그 모든 감정의 편린들도, 결국 시간이 지나고 세월이 흐르면서 퇴색된 채 그저 기억 한편을 차지하는 수많은 조각 중 하나가 될 뿐이라는 것을……. 그 당시에는 전혀 알지 못하는 게 또 우리 사람인 게지."

만해거사의 이야기를 가만히 듣던 화군악은 문득 지금 그가 누구를 생각하며 저리 말하는지 알 것 같았다.

'아직도 내 사부를 사랑하는 걸까?'

화군악은 그런 의문을 떠올렸다.

만해거사가 만해거사가 아니던 시절, 독응의선이라는 별호로 세상에 그 명성을 널리 떨치던 그 시절, 그는 친구의 연인이 된 야래향을 진심으로 사랑했던 적이 있었다.

또한 그는 그 혼자만의 실연(失戀)으로 인해 강호의 모든 걸 버리고 서장으로 가서 수십 년 세월을 보내지 않았던가.

그런 만해거사의 이야기인 만큼 그 누구의 말보다 설득력이 있었다.

지나고 보면 아무것도 아닌데.

그런 생각을 떠올리던 화군악은 주변 분위기가 자신이 생각했던 것보다 훨씬 진지하고 침울하게 가라앉은 걸

깨닫고는 이내 활기찬 어조로 말했다.

"자, 둘 다 만해 사부의 말씀 잘 들었지? 계집 경험이 있냐 없냐에 따라서 생사가 갈릴 수 있다는 말씀 말이야. 그러니까 내가 너희들의 사숙 된 도리로서, 첫 경험을 하게 해 주마."

"네?"

"처, 첫 경험이라니요?"

담호와 소자양이 깜짝 놀라 물었다.

화군악이 어깨를 으쓱거리며 말했다.

"기대하고 있으라고. 다년간의 경험을 통해서 단련된 안목으로 너희들에게 최고의 계집들을 선물해 줄 테니까."

"아, 안 그러셔도 되는데요."

"아니, 그게 그러니까……."

잔뜩 당황한 담호와 소자양이 땀까지 흘리며 사양할 때, 강호오괴가 눈빛을 반짝이며 동시에 입을 열었다.

"우리는요?"

"저도요!"

"저도 주인 나리께 최고의 선물을 받고 싶습니다!"

"얘네들은 안 해 줘도 됩니다. 저만 해 주셔도 충분합니다!"

"뭔 소리야? 하려면 다 같이 하고, 하지 않으려면 다

같이 하지 않아야지!"

"아니지! 하려면 다 같이 하고 하지 않으려면 자네들만 하지 않으면 되는 거야! 나는 꼭 할 거거든?"

강호오괴는 이내 자기네들끼리 다투기 시작했고, 그들의 말싸움에 주변 분위기는 후끈 달아올랐다.

비록 화군악이 상상한 것과는 다른 분위기였지만, 어쨌든 시끌벅적해서 더 이상 침울하게 가라앉지 않은 밤이 된 것만큼은 확실했다.

* * *

두근거리는 마음 반, 걱정되는 마음 반.

그게 야숙을 한 다음 날부터 곡양(曲陽) 땅에 들어설 때까지의 소자양과 담호의 마음이었다.

"이런 촌구석에는 괜찮은 계집이 없거든."

화군악은 노련한 화화공자(花花公子)처럼 말했다.

"얼굴에 분(粉)을 떡칠한 할머니들이 어린 계집 흉내를 내면서 치마를 펄럭인다니까. 술에 취하거나 어두운 밤에 보면 깜빡 속아 넘어갈 정도이지만, 아침에 일어나 그 얼굴을 보면 바로 토악질을 하게 될 거야."

소자양이 감탄하며 물었다.

"너무 현실적인데요? 설마 경험담이십니까?"

"무슨 소리! 아니다! 나는 지금껏 내 나이의 세 배 이상 되는 계집과 잠을 자 본 적이 없다!"

소자양과 담호의 눈이 휘둥그레졌다.

두 배도 아니고 세 배라니. 도대체 얼마나 나이가 많은 여인과 잠을 잤단 말인가.

두 사람이 너무 놀란 표정을 짓자 화군악은 살짝 머쓱한 얼굴로 말했다.

"그래 봤자 마흔 살 안쪽이었다. 나름대로 철이 들었을 때는 그녀들에게서 배울 거 이미 다 배웠을 때니까 말이지."

'거짓말을 하고 계셔.'

담호는 화군악의 얼굴을 보고 문득 그런 생각을 떠올렸다. 왠지는 모르겠지만, 또 어떻게 알았는지도 모르겠지만 확실히 지금 화군악은 뭔가 숨기고 있는 게 분명했다.

살짝 망설이던 담호는 마치 그동안 자신을 부끄럽게 만들고 아무 말도 하지 못하게 만들었던 화군악에 대해 복수라도 하듯 입을 열었다.

"그건 아닌 것 같은데요?"

화군악은 눈을 동그랗게 뜨면서 담호 쪽으로 고개를 돌렸다. 그 바람에 화군악이 타고 있던 말이 푸르르, 하며 투레질을 했다.

"음? 뭐가 아닌 것 같다는 거지?"

"마흔 살보다 훨씬 나이 많은…… 으음, 그러니까 그게…….."

담호는 비록 용기를 내서 말을 꺼냈지만 쉽사리 말을 잇지는 못했다. 아무래도 그런저런 이야기를 하기에는 아직 어리고 숙맥인 담호였다.

눈치 빠른 소자양이 담호 대신 말을 이었다.

"담호의 말은 진짜 할머니 같은 분들과도 잠자리를 가졌다고 하는 것 같은데요?"

"아니라고 했잖아! 왜 그렇게 생각하는데?"

화군악은 질색하듯 소리쳤다.

그제야 담호는 왜 화군악이 뭔가를 숨기고 있다고 생각했는지 알 것 같았다. 담호는 차분한 어조로 말했다.

"지금처럼 화를 내시니까요."

"응? 화라니? 내가 언제 화를 냈다고……."

"아까도 그러셨거든요. 자양 형이 설마 경험담이시냐고 물었을 때도 화 숙부께서는 벼락처럼 소리치며 부인하셨어요. 마치 지금처럼 말이에요."

"옳거니!"

일순 소자양이 고개를 끄덕이며 제 무릎을 쳤다.

"그러니까 강한 부정은 곧 강한 긍정이라는 말이로구나! 그렇다면 역시 화 숙부께서는 할머니와 잠자리를……."

"할머니가 아니라니까!"

화군악은 버럭 소리를 질렀다.

"음양쌍괴라고, 담호 너보다 어려 보이는 아이들이었다. 적어도 겉모습은 말이지!"

"음양쌍괴!"

어젯밤 다툼으로 한 소리를 들었기 때문일까. 화군악 뒤쪽에서 잠자코 말을 몰던 강호오괴가 깜짝 놀라 소리쳤다.

"아니, 그들과 잠자리를 하셨다고요?"

"그런데도 여태 버티고 살아 계시는 거고요?"

"내가 그럴 줄 알았어. 그런 경험이 있었으니까 그 한조라는 인요에게 승리한 거지."

강호오괴의 소동과는 달리 견문이 짧아서 음양쌍괴를 모르는 담호와 소자양은 어리둥절한 표정을 지었다.

"음양쌍괴는 말이다. 전전대(前前代)의 인물로, 무려 이 갑자 이상을 살아온 마도의 노괴물들이다."

만해거사의 설명에 두 사람은 입이 쩌억 벌어졌다.

'그럼 육칠십 세의 할머니도 아니고, 무려 백이십 살 넘게 먹은 할머니와……'

만해거사의 설명은 계속 이어졌다.

"하지만 겉모습은 천진무구하기 그지없는 열 살 쌍둥이지. 그들의 외양에 속고, 그들의 천진한 모습에 현혹당해서 모든 정기를 빼앗기고 말라 죽은 남녀 고수들의 수가 수백에 이르렀단다."

한 번 쩌억 벌어진 두 사람의 입은 도저히 다물어지지 않았다.

만해거사는 한참 강호오괴와 말씨름을 하고 있는 화군악의 등을 바라보며 말했다.

"강호오괴 말대로…… 한조와 같은 인요를 상대로 승부를 겨룰 정도라면 확실히 그만큼 수련하고 단련했던 것이겠지. 그 음양쌍괴를 상대로 말이야."

거기까지 말한 만해거사는 문득 고개를 갸웃거리며 낮은 목소리로 중얼거렸다.

"그나저나 정말이자 저 젊은 나이에도 복잡한 삶을 살아온 모양이로구나. 뭐, 하기야 그런 삶을 살아왔고 또 견뎌 왔기에 지금의 저 든든한 등을 지니게 되었겠지만."

소자양과 담호는 저도 모르게 화군악을 쳐다보았다. 화군악은 여전히 악동(惡童)과도 같은 얼굴과 말투로 강호오괴와 말다툼을 하고 있었다.

결국 그들이 싸우는 이유는 외모가 중요하냐 실제 나이가 중요하냐는 것이었는데, 물론 그 결론은 나지 않았다. 제대로 된 결론이 나기 전에 화군악 일행은 곡양현에서 가장 큰 마을에 들어섰기 때문이었다.

8장.
애송이

보모(鴇母)는 기원(妓院)의 여주인
혹은 기루의 여인들을 책임지는 기생 어미를 뜻하는 말로,
뒷골목에서는 흔히 경멸의 의미를 담아 건파(虔婆)라고도 불렀다.
건파는 기원의 여주인, 기생 어미라는 뜻도 있지만
못된 년, 도둑년, 몹쓸 할망구라는 욕이기도 하였다.
동시에 세상에서 가장 다루기 힘든
거세고 악랄한 여섯 부류의 여인들 중 하나가 바로 건파였다.

애송이

1. 선택과 지목의 차이

객잔 별채에 짐을 푼 화군악은 곧장 소자양과 담호를 이끌고 거리로 나섰다. 강호오괴가 끝까지 함께 데려가 달라고 애원했지만 화군악은 정색하며 거절했다.

"오늘은 얘네들 동정을 떼는 날입니다. 그 어떤 방해도 허락하지 않으니, 여러분들은 내일 따로 자리를 만들어 드리죠."

강호오괴는 나름대로 수긍하며 물러섰지만 이번에는 소자양과 담호가 애원했다.

"그런 건 우리가 알아서 할게요."

"아직 마음의 준비가……."

화군악은 바로 거절했다.

"됐다. 너희들의 동정은 내가 떼 주마."

강호오괴가 수군덕거렸다.

"그러니까 인요의 사내 쪽과도 한 것 같다니까. 그러지 않고서야 자기가 동정을 떼 준다는 게 말이나 돼?"

화군악은 강호오괴를 상대하지 않고 한 손에 한 명씩, 소자양과 담호를 붙든 채 별채를 나섰다.

제법 늦은 시각이라 거리에는 사람이 드물었지만 술집과 기루(妓樓)는 온갖 화려한 불빛들이 반짝였다. 가게 안에서 흘러나오는 사내들의 호탕한 목소리와 여인들의 간드러진 웃음소리가 끊이지 않았다.

화군악은 두 사람을 이끌고 번화가 가장 중심부로 향하며 말했다.

"첫 경험의 상대는 외려 경험이 많은 여인일수록 좋다. 그래서 기루를 찾는 게다. 좋은 기루의 계집은 교양도 있고, 예절도 아니까. 너희들이 숫총각이라고 하면 처음부터 마지막까지 제대로 잘 가르쳐 줄 것이다. 아, 물론 예쁘고 탱탱한 몸을 가진 여인들을 선택하여 주마."

거리 안쪽으로 들어서자 여인들의 웃음소리가 더 크고 유혹적으로 들려왔다.

"유곽(遊廓)의 계집들은 좋지 않다. 그녀들은 어떻게든 빨리 끝내고 새 손님을 받으려 하니까. 하지만 고급 창기

(娼妓)는 하룻밤 통째로 대여할 수 있으니까. 아, 가끔은 창기가 손님을 선택하기도 하는데…… 흐음, 이 정도 마을이라면 그만한 급의 창기는 없을 것 같구나."

화군악은 주위를 둘러보다가 마음에 드는 곳을 발견했는지 곧바로 두 사람을 이끌고 방향을 틀었다.

시끌벅적 떠드는 소리가 줄어들면서 조금은 한적한 거리로 들어서자, 고아한 악기 소리와 노랫소리가 들려오는 기루가 나타났다.

기루 앞에 나와 있던 점소이들이 화군악 일행을 보고는 눈치 빠르게 웃으며 다가왔다.

"세 분이십니까?"

화군악이 말했다.

"두 명이다. 예서 가장 비싼 아이들을 대령하도록 하라."

화군악은 점소이들을 어떻게 다뤄야 하는지 잘 알고 있었다. 그는 말을 끝내기도 전에 품에서 은자를 꺼내 점소이들에게 나눠 주었다.

"이건 자네들 술값으로 쓰고."

"아이구, 뭘 이런 것까지 다. 어서 안으로 드시죠, 공자님들."

점소이들은 허리를 굽실거리며 그들을 기루 안으로 안내했다.

담호가 바둥거렸지만 소용없었다. 화군악은 완강한 악력으로 담호의 손목을 쥔 채 기루에 들어섰다.

반면 소자양도 반항하는 척 엉덩이를 뒤로 뺐지만 두 다리는 제멋대로 기루를 향해 움직이고 있었다.

기루 대청에 들어선 화군악은 날카로운 눈빛으로 주위를 한 바퀴 둘러보았다.

대청에는 약 대여섯 탁자에 손님들이 앉아 있었는데, 십여 명의 망사의(網紗衣)를 걸친 여인들이 그들 사이에서 술을 따르거나 대화를 나누고 있었다.

몇몇 술 취한 손님들이 그녀들의 얼굴을 부여잡고 입을 맞추기도 했는데, 여인들은 크게 거절하지 않고 받아 주었다.

소자양과 담호는 그 속살이 고스란히 드러난 망사의에 놀라 눈을 휘둥그레 떴다가 황급히 고개를 돌렸다. 그들의 심장 뛰는 소리가 북소리처럼 울리고 있었다.

반면 화군악은 살짝 아쉽다는 듯 입맛을 다시며 말했다.

"최고는 아니지만 그래도 나쁘지는 않구나. 어쨌든 이 정도면 어디 가서 자랑은 하지 못하더라도 아무 곳에서나 동정을 뗐다고 흉잡히지는 않겠다."

그때 아까 그 점소이가 다가와 화군악에게 말했다.

"대고(大姑)께 부탁해 두었습니다. 우리 호화루(豪華樓)

에서 가장 뛰어난 다섯 아이를 불러 모았으니, 가서 마음대로 선택하시면 됩니다. 이왕이면 공자님도 함께하시죠. 우리 가게 아이라서 그러는 게 아니라 진짜 끝내줍니다."

점소이는 눈웃음을 흘렸다. 화군악은 점소이에게 다시 은자를 건네주며 말했다.

"나는 됐네. 하지만 이 아이들이 제대로 선택하는지 구경은 할 작정이네. 그럼 어서 안내하게."

"공자님 같은 풍류(風流) 대가(大家)께서 함께하지 않으시다니 정말 안타깝습니다만 어쩔 도리가 없죠. 그럼 젊은 도련님들은 이리로 오시죠."

점소이는 담호와 소자양을 바라보며 말했다. 두 사람이 머뭇거리자 화군악이 혀를 차며 말했다.

"자, 어서 점소이를 따라서 들어가 봐라."

"화, 화 숙부는요?"

담호는 울상을 지었고 소자양은 다급하게 입을 놀렸다.

"함께 안 들어가시는 겁니까?"

"나도 뒤따라갈 것이다. 최소한 너희들이 어떤 계집을 선택하는지 정도는 확인하고 나갈 것이다."

"왜 나가시려는데요?"

"우리를 여기까지 데리고 오셨으니까 나갈 때까지 함께 계셔야죠. 왜 화 숙부는 돌아가시려고 하는데요?"

"나?"

화군악은 어깨를 으쓱거렸다.

"나야 당연하지 않느냐?"

일순 머릿속이 복잡하고 어지러운 가운데에서도 담호는 저도 모르게 고개를 끄덕였다.

'역시 유부남이라서 다르신 건가? 숙모와의 의리를 배신하지 못한다는 것일까?'

하지만 정작 화군악의 이어진 말은 담호의 순진하고 어수룩한 생각과는 전혀 달랐다.

"나는 아직 돈 주고 잘 만큼 계집이 고프지 않으니까. 그러니 나는 신경 쓰지 말고, 얼른 위층으로 올라가라. 점소이가 기다리지 않느냐?"

화군악은 그렇게 말하며 두 어린 청년들의 등을 떠밀었다.

이 층은 넓은 대청이 없었고, 좌우로 늘어선 방과 그 사이로 난 좁은 복도뿐이었다.

붉은 등불이 연달아 밝혀진 복도 끝에는 아름다운 꽃들도 장식된 상당히 큰 규모의 방이 있었는데, 내부는 방문 대신 휘장으로 가려져 있었다. 붉은 휘장은 면사(面紗)처럼 방 안의 풍경을 흐릿하게 보여 주었다.

대충 십여 평 정도 되는 방 안에는 모두 일곱 명의 여인이 약간의 거리를 두고 앉아 있었다.

체형과 얼굴, 목소리는 전혀 알 수 없었지만, 휘장 너머로 보이는 고혹스러운 자태만으로도 바로 이 여인들이 이곳 호화루 최고의 기녀들임을 알 수가 있었다.

점소이의 안내를 받으며 이 층으로 올라온 담호와 소자양은 자신들의 눈앞에 펼쳐진 그 화려한 광경을 보고 눈을 크게 떴다.

"아이쿠!"

담호는 깜짝 놀라 눈을 질끈 감아야 했다. 그는 소자양과 달리 붉은 휘장을 뚫고 그 안에 다소곳이 앉아 있는 여인들을 볼 수 있었다.

일곱 명 중 여섯 명의 여인은 모두 벌거벗은 상태로, 말 그대로 실오라기 하나 걸치지 않은 채 탐스러운 젖가슴과 잘록한 허리, 탱탱한 허벅지를 고스란히 드러낸 채 앉아 있었다.

그 충격에 담호는 저도 모르게 소리를 지르며 눈을 감았던 것이었다.

그때였다.

"우리는 손님을 선택하지 않습니다."

맨 좌측의 여인이 입을 열었다.

다른 여인들과는 달리 제대로 옷을 갖춰 입은 중년의 여인, 그녀가 바로 이 기루의 보모(鴇母)였다.

"하지만 우리는 아무 손님을 받지 않습니다."

보모는 계속해서 말했다.

"그래서 우리는 손님들에게 선택권을 주는 대신, 그 안목을 시험하고자 합니다. 여러분께서는 이곳에서 최고의 기녀들과 아무것도 모르는 부엌데기들 중 한 명을 선택하실 수 있습니다. 물론 그 선택에 대한 책임은 오롯하게 손님 몫입니다."

휘장 저편의 보모는 살짝 웃는 듯했다.

"선택한 여인과 하룻밤을 지내거나 그렇지 않거나 상관없이, 선택비만 은자 오백 냥이니까요."

담호와 소자양은 뭐가 뭔지 전혀 모르는 얼굴이었으나 그들 뒤에 서 있던 화군악은 연신 고개를 끄덕이며 중얼거렸다.

"호오, 생각보다 깐깐한 곳이군그래."

화군악은 휘장 안쪽의 보모를 바라보며 중얼거렸다.

"우리가 지목하는 게 아니라 선택하는 거라 이건가? 흐음. 세상에서 가장 다루기 힘든 거센 여자가 여섯 있어서, 그녀들을 육파(六婆)라 한다더니. 역시 건파로군그래."

2. 아호(兒虎)

보모(鴇母)는 기원(妓院)의 여주인 혹은 기루의 여인들을 책임지는 기생 어미를 뜻하는 말로, 뒷골목에서는 흔히 경멸의 의미를 담아 건파(虔婆)라고도 불렸다.

건파는 기원의 여주인, 기생 어미라는 뜻도 있지만 못된 년, 도둑년, 몹쓸 할망구라는 욕이기도 하였다. 동시에 세상에서 가장 다루기 힘든 거세고 악랄한 여섯 부류의 여인들 중 하나가 바로 건파였다.

육파(六婆)는 그 여섯 부류의 여인을 총칭하는 별명이었다. 기생 어미 건파가 그중 한 부류였고, 방물장수이자 윤락을 주선하는 아파(牙婆)가 또 다른 한 부류였다.

거기에 중매쟁이 매파(媒婆), 무녀 사파(師婆), 애 받아 주는 온파(穩婆), 그리고 여의생(女醫生) 약파(藥婆)가 바로 그들이었다.

그녀들 모두 확실한 직업을 가지고 있었으며 그 직업에 자부심과 긍지를 느끼고 있었지만, 세상 사람들은 외려 그 직업을 경시하고 얕잡아 보았다.

아마도 그래서였을 것이다. 그녀들의 기가 그렇게나 억세고 강인하며 거세진 까닭은.

보모의 말이 끝나자 화군악은 고개를 끄덕이며 말했다.

"좋아. 은자 천 냥을 내지. 선택권은 이 아이들에게 있는 대신, 자네들에게는 그 어떤 거절도 할 수 없는 거렷다?"

"그렇습니다."

보모의 대답에 점소이가 슬금슬금 다가와 손을 내밀었다. 예의 그 선택비를 달라는 의미였다.

화군악이 품에서 전표 한 장을 꺼내 건네자, 대륙전장의 전표인 걸 확인한 점소이가 휘장 쪽으로 고개를 돌려 끄덕였다.

보모가 말했다.

"그럼 두 어린 공자님들, 어떤 아이를 선택하시겠어요? 시간은 넉넉잡고 반각을 드릴게요."

보모가 다시 웃는 듯했다.

"아, 물론 그 시각 안에 아무도 선택하지 못한다면 역시 그것으로 끝이랍니다."

담호는 당황한 듯 뒤를 돌아보았다. 화군악은 팔짱을 낀 채 턱으로 앞을 가리키며 말했다.

"예까지 와서 제대로 선택하지 않는 건, 저 계집들에 대한 모욕이다. 그녀들에게 있어서 손님에게 선택받았다는 건 큰 자부심과 자긍심이 되는 일이니까."

담호는 입술을 깨물며 망설였다. 문득 소홍의 꽃처럼 활짝 웃는 얼굴이, 그리고 초목아의 뾰로통한 얼굴이 그의 망막을 스치고 지나갔다.

그렇게 담호가 머뭇거리는 동안 소자양은 그다지 많은 고민도 없이 손가락으로 한 여인을 가리키며 말했다.

"저 여인으로 지목하겠습니다."

일순 지목당한 여인은 움찔거렸고, 화군악도 상당히 놀란 표정을 지었다.

"정말이냐?"

화군악이 묻자 소자양은 단호하게 대답했다.

"네. 정말입니다."

"그녀를 고른 이유는?"

"화 숙부께서 우리를 이곳에 데리고 오신 이유가 아직 여자 경험이 없는 우리에게 보다 많은 경험을 할 수 있도록 배려하셨기 때문입니다."

"그랬지."

"그랬기에 그녀라면 확실히 제게 다른 여인들보다 훨씬 더 많은 걸 가르쳐줄 수 있을 거라고 생각했습니다. 이왕 이곳에 온 거, 하룻밤 사이에 최대한 많은 걸 배우고 싶습니다."

"호오. 후회는 하지 않고? 그녀보다 훨씬 더 젊고 아름다운 여인들이 많은데?"

"젊고 아름다운 여인들은 언제든지 만날 수 있습니다. 하지만 교양 있고 예의 바르며, 또 이쪽 경험에 능통한 여인은 쉽게 만날 수 없을 테니까요."

"호호호."

소자양의 말을 가만히 듣고 있던 여인, 그러니까 그가

지목한 보모가 흡족한 표정을 지으며 웃었다. 그러고는 어깨를 으쓱거리며 입을 열었다.

"이거야 원. 애당초 제 설명이 부족했어요. 이 방 안에 있는 모든 여인을 선택할 수 있다고 말한 맹점을 제대로 짚으셨네요. 뭐, 어쩔 수 없죠. 우리는 선택을 거부할 수가 없다고도 말씀드렸으니까요."

보모는 다른 여섯 여인을 돌아보며 말을 이었다.

"아무래도 너희들은 더 분발해야겠다. 이 늙은 나에게 선택을 빼앗기다니 말이다."

여섯 여인 중 부엌에서 일하는 어린 계집을 제외한 기녀들이 움찔거렸다.

확실히 손님에게 지목을 당하는 건 그녀들에게 있어서는 자존심이 걸린 문제였다. 동료들이 하나씩 지목당하는데 자기 혼자 방 안에 덩그러니 남아 있을 때의 그 모멸감이란 겪어 보지 못한 사람은 전혀 알 수가 없었으니까.

"그럼 그쪽 어린 도련님은 누구를 지목하시겠어요?"

담호는 아무래도 안 되겠다 싶어서 사양하려 했다.

그때였다. 벌거벗은 채 앉아 있던 여섯 여인 중 한 여인이 갑자기 자리에서 천천히 몸을 일으켜 우뚝 섰다.

담호의 눈이 휘둥그레졌다.

그의 시력은 이미 얇은 휘장 너머의 방 안 광경을 적나

라하게 들여다볼 수 있는 경지에 올라 있었다. 여인이 자리에서 일어나자 그 밥공기 엎어 놓은 듯한 젖가슴과 잘록한 허리, 그리고 수풀 우거진 아랫도리가 고스란히 드러났다.

놀란 담호는 고개를 돌릴 생각조차 하지 못한 채 멍하니 그녀의 모습을 바라보았다.

그때 자리에서 일어난 여인이 입을 열었다. 꾀꼬리 울음처럼 맑고 고운 목소리가 그녀의 입에서 흘러나왔다.

"저희는 손님을 선택할 수 없지만, 선택받을 수 있도록 노력할 수는 있답니다. 그러니 부디 저를 선택해 주세요."

그 당당함에 담호의 마음이 순간 흔들린 것일까. 아니면 바로 뒤에 서 있던 화군악이 냅다 그의 엉덩이를 걷어찼기 때문이었을까.

담호는 저도 모르게 소리쳤다.

"네, 선택하겠습니다!"

"쯧쯧."

화군악이 담호의 등 뒤에서 혀를 찼다.

"그렇게 떠밀려서 지목하다니, 정말 자양과 비교되네. 그래도 나름대로 다 커서 이제는 한 사람 몫을 충분히 해내는 사내일 줄 알았더니 아직 애송이로구나, 아호야."

일순 담호의 얼굴이 굳어졌다.

언제부터인가 숙부들은 그를 아호(兒虎)라고 부르지 않았다. 그리고 담호는 숙부들이 아명으로 자신을 부르지 않는 것에 대해서 상당한 자부심을 느끼고 있었다.

 이제는 나를 어린아이 취급하지 않는구나. 이제는 숙부들과 나란히 어깨를 하고 동등한 대우를 받을 수 있구나.

 담호는 그렇게 어른이 되었다고 생각했다.

 그러나 화군악이 바로 지금 '아호'라고 부른 순간, 담호의 자부심과 자존심은 산산조각이 나고 말았다.

3. 제발 날 봐 줘요

 그렇게 산산조각이 난 자부심과 자존심은 그의 심리적 상황에도 크게 영향을 미쳤다.

 그래서였다. 벌거벗은 여인과 단둘이, 조그만 방의 침상에 나란히 누웠음에도 불구하고 담호의 아랫도리는 여전히 의기소침해 있었다.

 어느새 담호 또한 여인처럼 옷을 모두 벗은 후였다. 탄탄한 근육질의 몸매와 강인해 보이는 흉터들을 보면 이제 열일고여덟 살 어린 도련님이 아닌, 그야말로 수많은 난전(亂戰)을 헤치고 살아남은 역전(歷戰)의 무사처럼 보였다.

여인은 나란히 누운 채 가늘게 호흡하고 있었다. 그녀가 숨을 들이마시고 내뱉을 때마다 그녀의 탱탱한 젖가슴이 위아래로 흔들렸다.

담호는 눈을 질끈 감고 있었다.

방에 들어와 침상에 앉았을 때부터 그녀의 부드러운 손길이 조심스럽게 자신의 웃옷과 아랫도리를 벗길 때도, 그리고 그녀가 담호를 눕힌 다음 그 옆자리에 따라 누울 때도 담호는 지금처럼 눈을 감고 있었다.

좁은 방 안에는 오로지 여인의 가느다란 숨소리만 들려왔다.

뭔가 이상함을 느꼈는지, 여인이 문득 귀를 기울여 보았지만 마치 죽은 것처럼 담호의 숨소리는 전혀 들리지 않았다. 이 와중에도 호흡을 감출 정도로, 이미 담호는 무공적으로는 상당한 수준에 이르러 있었다.

하지만 무공과는 달리, 여자에 관해서는 화군악 말대로 확실히 '애송이'였다. 아니, 어쩌면 애송이의 수준에도 미치지 못할 정도였다.

사실 담호 또래의 사내라면 가운데가 움푹 들어간 바위만 보더라도 아랫도리가 빳빳하게 일어서는 게 정상이었다.

만약 우연히 여인의 향기를 맡거나 여인의 소매, 치맛자락과 스치기라도 하는 날에는 몇 번이고 용두질을 해야만 비로소 잠들 수 있는, 그런 나이였다.

수시로 불끈거리는 정력과 젊음과 강직도를 가지고 있는 그럴 때였다.

지금처럼 벌거벗은 여인의 어깨와 팔과 손, 허벅지의 솜털이 자신의 벌거벗은 피부에 살짝 닿을락 말락 하는 순간이라면 모든 정신이 그곳으로 쏠리고 신경이 소름처럼 곤두서서 다른 건 아무것도 생각할 수가 없는 그런 집중력을, 또한 순식간에 부풀어 올라서 금방이라도 폭발할 것만 같은 왕성한 아랫도리의 활력을 지닌 게 바로 그 나이 또래의 사내들이었다. 그리고 그게 애송이였다.

그런데 지금 담호의 아랫도리는 풀 죽은 듯이 고개를 숙이고 있었다.

바로 옆에, 옷을 홀딱 벗은 채 살결과 피부가 맞닿은 채로 누워 있는 젊고 아름다운 여인이 있는데도, 담호는 애송이보다 못난 꼴을 보여 주고 있었다.

"너무 긴장하지 마세요."

여인이 뭔가 착각한 듯 소곤거렸다.

"도련님 정도 되는 어린 분들이 이곳에 오면 처음에는 다들 두 가지 반응 중 하나거든요. 왕성한 혈기를 주체하지 못해서 어쩔 줄 모르거나 아니면 부끄럽고 긴장해서 아예 꼼짝도 하지 못하거나."

아아, 이 젊고 아름다운 창녀(娼女)는 지금 뭔가를 오해하고 있었다. 담호가 지금 부끄럽고 긴장한 까닭에 지금 아랫도리가 고개를 숙이고 있다고 말이다.

하지만 담호는 지금 다른 생각에 빠져 있었다.

소자양이 보모를 지목하던 당당한 모습. 그리고 등 뒤에서 들려오던 화군악의 혀 차는 소리, 애송이라고 말하던 그의 목소리.

담호의 뇌리에는 지금 그런 것들로 가득 차 있었기에 옆에 누가 있는지, 피부가 살결이 솜털이 어찌 되는지 전혀 신경 쓰지 못하고 있는 것이었다.

여인은 뒤늦게 그 사실을 알아차린 모양이었다. 갑자기 여인을 상반신을 벌떡 일으켜 자리에 앉았다. 그러고는 두 손을 뻗어 담호의 얼굴을 감싸 쥐었다.

담호는 깜짝 놀랐는지, 침상에 들어선 이후 처음으로 눈을 떴다. 여인이 허리를 굽혀 그의 얼굴 가까이 제 얼굴을 들이댔다. 코와 코가 부딪칠 것만 같았다.

그 상태로 여인이 말했다.

"제발 날 봐 줘요."

담호는 저도 모르게 눈을 피하려다가 그 말을 듣고는 그녀의 시선을 마주했다.

그제야 담호는 처음으로 그녀의 얼굴을 자세히 볼 수 있었다.

고양이를 닮은 눈과 얼굴이었다.

애송이 〈249〉

길고 짙은 눈썹이 파르르 떨리고 있었다. 스물하나, 아니면 스물셋. 어쨌든 담호보다는 어려 보이지 않았다.
 복숭아의 향기가 흐르고 있었다. 담호의 얼굴을 쓰다듬고 있는 그녀의 두 손은 따뜻하면서도 부드러웠다.
 그 눈빛을, 그 향기를, 그 단내 나는 숨결을, 그 손길을 느끼게 된 순간 천천히, 담호의 아랫도리가 몸을 일으키기 시작했다.
 "제 이름은 묘화(猫花), 생김새가 어딘지 모르게 고양이 같다고 해서 붙여진 이름이에요."
 여인이 담호의 얼굴 위에서 소곤거렸다. 단내가 흘렀다.
 여인은 천천히 자세를 바꿔 담호의 몸 위로 올라탔다. 그녀의 미끈하면서도 부드럽고 탱탱한 피부와 살결과 솜털을 느끼자마자 담호의 아랫도리가 제대로 일어섰다.
 그랬다. 담호는 이제야 겨우 애송이가 된 것이다.
 "말해 봐요. 도련님 이름은?"
 묘화는 천천히 몸을 아래로 낮추며 물었다. 그녀의 몸과 담호의 몸이 완벽하게 밀착되어 손가락 하나 빠져나갈 틈 하나 없게 되기까지는 그리 오랜 시간이 걸리지 않았다.
 "다, 담호라고 해요."
 담호는 마른침을 삼키며 말했다.

자신의 가슴 위로 묘화의 젖무덤이 뭉개지는 걸, 자신의 복부 위로 부드럽고 폭신한 그녀의 아랫배가 와닿는 걸, 자신의 발딱 일어선 아랫도리 위로 그녀의 성글게 엉킨 숲이 내려앉아서 은근하게 비벼 대는 걸 느끼면서 담호는 힘겹게 말을 이었다.

"그리고 도련님은 아니에요."

"그래요. 내가 잘못 알았어요. 확실히 도련님이라고 하기에는 너무 큰 물건이네요."

묘화는 천천히 자신의 몸을 담호의 몸에 비비는 한편, 담호의 이마에 눈에 콧잔등에 입을 맞춰 나갔다. 그러면서 쉬지 않고 담호를 향해 소곤거리고 속살거렸다.

그녀는 "아아, 정말이지 너무 훌륭한 몸을 가졌어요." 라는 식으로 끊임없이 담호의 자존심과 자부심을 부추겼고, 한편으로는 담호가 미처 눈치채지 못할 정도로 미세하고 나긋나긋한 애무를 이어 나갔다.

담호는 그녀가 주는 환락과 쾌감에 정신을 차리지 못하다가 그만 저도 모르게 "으윽!" 하는 비명도 신음도 아닌 소리를 내뱉으며 허리를 높이 쳐들었다. 묘화의 아랫도리는 담호의 배출로 흠뻑 젖었다.

최고의 절정을 맞이했다가 깨어난 담호의 얼굴이 붉게 달아올랐다. 비록 경험은 없을지언정, 이게 정상적인 배출이 아님은 담호도 잘 알고 있었다.

여인의 몸속에 넣지도 못한 채 사정(射精)하다니!

그 부끄러움과 수치심에 다시 담호의 아랫도리가 한없이 수축되려는 찰나, 묘화는 더욱 강한 힘으로 담호에게 밀착하며 소곤거렸다.

"정말 기뻐요, 당신 덕분에."

그녀는 부드럽게 담호의 입에 입을 맞추고는 다시 소곤거렸다.

"나 때문에 이렇게 흥분하다니, 이건 당신이 내게 주는 최고의 찬사라고요."

그녀를 올려다보는 담호의 눈빛이 살짝 변했다.

지금 묘화의 눈빛을 보면 전혀 거짓말을 하고 있지 않아 보였다. 그녀의 얼굴에는 진심으로 고마워하고 즐거워하는 기색이 역력했다.

"하지만…… 나는 벌써 끝났는데……."

"아뇨. 당신은 아직 당신의 저력을 모르고 있을 뿐이에요."

담호가 수줍게 말하자 묘화는 고개를 저으며 웃었다.

"밤은 길답니다. 그리고 그 밤의 끝자락에는 결국 내가 당신에게 항복을 외치게 될 거예요. 두고 보세요. 당신이 날 그리 만들게 될 테니까요."

묘화의 근거 없는 자신감이 담호의 자신감을 불러일으켰다. 그의 아랫도리가 다시 천천히 일어나고 있었다.

담호는 조금 전과 달리 힘이 실린 목소리로 말했다.

"그럼 내게 모든 걸 가르쳐 주세요. 묘화…… 당신에게 항복을 받아 낼 수 있도록 말이에요."

묘화는 배시시 웃으며 담호의 순박하게 잘생긴 얼굴을 내려다보았다.

그러고는 천천히 고개를 숙여 그와 입을 맞췄다. 조금 전의 입맞춤과는 다른, 입술이 열리고 혀가 움직이는, 한없이 음탕하고 한없이 끈적거리며 절로 뜨거운 열기가 흘러나와 머릿속까지 후끈 데우는, 그런 입맞춤이 길게 이어졌다.

"후아."

겨우 입을 뗀 후 크게 숨을 몰아쉰 묘화는 담호의 상기된 눈빛을 내려다보며 말했다.

"좋아요. 모든 걸 가르쳐 드릴게요. 그러니 내일 아침까지 나를 즐겨 주세요."

순간 담호가 갑자기 몸을 일으켰다.

그리고 묘화를 끌어안고 몸을 돌려 이제는 그가 묘화의 몸을 짓누르게 된 자세로, 방금 그녀에게 배웠던 그 음탕하고 꿀렁거리며 달콤한 쾌락이 넘치는 입맞춤을 시도하였다.

묘화의 가늘고 긴 두 팔이 담호의 목을 끌어안았다.

9장.
한밤중의 여인들

인적이 끊긴 관도에서 우연히 마주치는 사람은
도깨비보다 무섭고 귀신보다 두려운 존재였다.
미리 함정을 파 놓고 기다리는 암살자일지, 아니면
누군가의 복수를 위해 길을 가로막고 있는 무인일지 어찌 알 수 있겠는가.

한밤중의 여인들

1. 여인을 모르면 세상 절반을 모르는 것이다

 호화루는 좋은 기루였다. 그리고 은자 오백 냥이라는 하루 화대(花代)에 충분한 대우와 대접을 하는 곳이었다.
 손님이 기녀와 하룻밤을 지낸 다음 날, 곤한 잠에서 깨어나면 이미 푸짐한 상이 준비되어 있었다. 원한다면 기녀의 도움을 받아 씻거나 목욕을 할 수도 있었으며, 심지어 옷까지 빨아 입을 수도 있었다.
 물론 대부분 손님은 친구들과 술을 마신다는 핑계로 마누라 몰래 이곳에 온 자들이었고, 당연히 목욕을 하거나 옷을 빨아 입지는 않았다.
 그저 어젯밤 진하고 격렬하게 사랑을 나눴던 기녀와 함

께 아침밥을 먹은 후 그녀들의 배웅을 받으며 기루를 떠나는 게 일반적인 경우였다.

하지만 담호와 소자양은 주위 눈치를 볼 이유가 없었다. 그들의 옷은 하룻밤 사이에 빨고 말려서 깨끗하게 개켜져 있었으며, 또 식사 후에는 거리낌 없이 기녀들과 목욕까지 하고 나왔다.

생전 처음으로 여인의 시중을 받아 몸을 닦은 담호는 어색하기 그지없었지만, 그래도 그녀와 하룻밤을 보냈기 때문인지 아니면 끝끝내 항복을 받아 낸 여유 때문인지는 몰라도 태연하게 아랫도리까지 그녀에게 맡기고 씻었다.

"다음에 또 오세요. 그때는 당신 체면 세워 드리지 않을 테니까요."

묘화의 말에 담호는 웃으면서 말했다.

"그때는 진짜 사내가 뭔지 제대로 보여 줄게요."

"그래요, 내 사랑."

묘화는 담호를 껴안고 다정하게 입을 맞췄다.

"아이쿠! 아침부터 너무 뜨거운 거 아냐?"

느닷없이 들려온 소자양의 목소리에 담호는 깜짝 놀라며 묘화를 밀어냈다. 묘화는 살짝 서운한 표정을 지었지만 이내 활짝 웃으며 말했다.

"그러는 도련님도 방금 전까지 뜨겁게 보내셨나 본데요. 아직도 다리가 후들거리는 걸 보면 말이에요."

소자양은 머쓱한 표정을 지었다. 아닌 게 아니라 목욕을 하는 동안 회가 동한 나머지 보모를 쓰러뜨리고 그 위에서 온갖 힘자랑을 하고 나왔던 까닭이었다.

"보모는요?"

묘화가 묻자 소자양은 어깨를 으쓱거리며 말했다.

"너무 지치고 힘들어하는 것 같아서 자라고 했지. 사내에게는 모름지기 그런 정력과 아량이 있어야 하는 법. 하하하! 담호, 너는 아직 어리고 부족한 모양이로구나. 이렇게 배웅을 받는 걸 보니 말이지."

담호의 눈이 휘둥그레졌다.

하룻밤 사이에 사람이 달라져도 유분수지, 이건 완전히 다른 사람이 된 것이다.

도대체 어떤 식으로 하룻밤을 보내면 저렇게 기세등등해질 수 있을까. 겨우 하룻밤 여자와 잔 것만으로 세상 모든 여자를 다 아는 척, 그 어떤 사내보다도 뛰어난 척할 수가 있다니, 보모는 도대체 소자양에게 어떤 걸 가르친 걸까. 뭘 가르친 걸까.

어쨌든 두 사람은 그렇게 호화루를 떠났다. 오랫동안 빨아 입지 못했던 의복까지 깨끗하게 갖춘 채, 그야말로 신수가 훤해진 모습으로 그들은 묵고 있던 객잔 별채로 되돌아왔다.

그들은 본 강호오괴가 난리를 쳤다. 밤새워 잠도 자지

않은 채 온갖 공상과 상상 속에서 허덕였던 것처럼 시뻘겋게 변한 눈을 부릅뜬 채 강호오괴는 담호와 소자양을 붙잡고 놓아주지 않았다.

"어땠나? 계집들은 괜찮았나?"

"밤새워 한 거야? 역시 젊으니까 힘도 좋구먼그래."

"몸매는 어떤데? 얼굴은 어떻고?"

"그런 바보 같은 질문을 하다니. 역시 계집은 그곳이잖아! 그래, 그곳은 어떻든? 꽉 조여 주든? 네 그것을 아주 쫄깃쫄깃하게 씹어 주더냐?"

강호오괴는 온갖 음탕한 단어를 총동원하여 어젯밤 얼마나 재미를 봤는지 물어보았다.

소자양은 거들먹거렸고, 담호는 쑥스러워했다. 담호가 제대로 대답하지 않자 강호오괴의 질문은 소자양에게로 쏠렸다. 그 틈을 타서 담호는 빠르게 자리를 벗어날 수가 있었다.

"이야, 하룻밤 사이에 그래도 조금은 늘었구나."

탁자에서 차를 마시던 화군악이 웃으며 말했다. 담호가 한숨을 쉬며 탁자에 앉자, 맞은편 자리에 앉아 있던 만해거사가 그를 위해 차를 준비했다.

"네가 일부러 쑥스럽고 부끄러운 척하면서 대답하지 않으니까 다들 자양만 붙들고 늘어질 수밖에. 자양은 곧이곧대로 자랑하고 떠들어 주니 말이지."

화군악의 말에 담호는 어색하게 웃으며 말했다.
"꼭 그렇게까지 계산적으로 한 행동은 아니었습니다."
"하지만 그런 생각을 하지 않은 건 아니었지?"
"그건…… 네."
"그래. 바로 그거다."
담호의 대답에 화군악은 만족스럽다는 표정을 지었다.
"여인들을 상대하다 보면 말이다. 아랫도리를 사용하는 방법이나 계집 후리는 솜씨만 느는 게 아니거든. 눈치를 볼 줄도 알게 되고, 어떻게 상대를 흡족하게 만드는지도 알게 되고, 또 상황마다 어떤 식으로 대응해야 하는지도 배우게 되지. 너는 이제 그런 기초를 쌓은 것이다."
하룻밤을 묘화와 지내면서 제법 많은 걸 배우고 깨달은 듯 담호는 고개를 끄덕이며 말했다.
"네. 이제야 화 숙부께서 무슨 의도로 우리를 그곳에 보냈는지 조금은 알 것 같습니다."
"하하. 그럼 됐다. 앞으로도 더 좋은 곳에, 그리고 더 좋은 계집을 골라 주마. 잔뜩 기대하고 있거라."
껄껄 웃으며 말하던 화군악은 문득 진지한 표정을 지으며 목소리를 낮춰 말을 이었다.
"네 장 숙부도, 설 숙부도, 강 숙부도 다 마찬가지였단다. 잘 기억해 두거라. 여인을 모르면 세상 절반을 모르는 것이다. 네가 천하에 군림하려면 무엇보다 여심(女心)

을 잡을 줄 알아야 한다. 그게 훗날 네 목숨을 구해 줄 유일한 동아줄이 될지도 모르니까."

화군악의 이야기에는 의외로 현묘하고 깊은 이치가 담겨 있어서, 담호는 저도 모르게 자세를 갖추고 경청했다.

마침 만해거사가 찻잔과 새롭게 달인 차를 가져왔다.

"차 다 마시면 이제 슬슬 출발해야지."

만해거사의 말을 강호오괴가 들었는지 우당탕 달려와 소리쳤다.

"무슨 소리요! 오늘은 우리 차례요!"

"주인 나리께서 분명히 말씀하셨소! 오늘 우리에게 그 누구보다 아름다운 계집을 선사할 거라고 말이오!"

"떠나기는 누구 마음대로 떠나?"

그들의 소란에 만해거사가 난처해하자 화군악이 헛기침을 하며 끼어들었다.

"누가 약속을 지키지 않겠다고 했습니까. 왜 이리 소란들이세요? 나이에 걸맞지 않게시리."

강호오괴가 억울하다는 듯 항변했다.

"아니, 방금 저 만해 늙은이가 말했잖습니까? 그 차 다 마시면 바로 일어서자고 말입니다."

"응. 무식한 나도 똑똑히 들었거든."

"허어. 그럼 여러분들도 오늘 밤 그곳에 들르시려고요? 그래서 저 어린아이들과 구멍 동서가 되려고요? 아니, 이미 차례가 뒤가 되었으니 자양과 담호가 강호오괴의 형님이 되겠군요?"

화군악의 말에 강호오괴는 이내 꿀 먹은 벙어리가 되었다. 아무리 강호오괴가 예법에 관심 없고, 자기들 멋대로 군다고는 하지만 그것도 어느 정도 선이 있었다.

만약 담호와 소자양이 지목한 여인들과 잠자리를 갖게 된다면, 확실히 그건 강호오괴가 죽을 때까지 두고두고 놀림감이 될 만한 일이었다.

화군악은 예상대로 강호오괴가 입을 다물자, 빙긋 미소를 지으며 말을 이었다.

"그래서 다른 곳으로 가자는 겁니다. 다른 마을의 기녀들과 하룻밤을 보낸다면 적어도 담호와 자양의 동생은 되지 않을 게 아닙니까?"

강호오괴가 고개를 끄덕였다.

"맞는 말씀입니다. 우리가 먼저 잠자리를 갖는 거니까 만약 담호와 소자양이 그녀들과 잔다 해도 결국 우리가 형님이 되는 거죠."

"흠, 저 아이들의 동생이라면 아무래도 좀 그렇지만 형님이라면 훨씬 낫지."

"무식한 나도 형님 소리가 훨씬 낫다는 걸 알겠다."

"그럼 그렇게 합시다."

"뭐하냐? 얼른 차 마시지 않고! 예서 꾸물댈 시간이 없다. 빨리 일어나 다음 마을로 가자!"

강호오괴는 이내 담호를 채근했다.

결국 담호는 제대로 차 한 잔 마셔 보지도 못한 채 자리에서 일어나야만 했다.

2. 지나가는 과객(過客)이오만

여행길은 여전히 심심했다. 햇살이 따사로운 가운데, 산적은 볼 수 없었고 강도도 나타나지 않았다.

반면 강호오괴는 이미 만전의 태세를 갖추고 있었다. 갈림길이 나올 때마다, 마을 입구로 향하기는 길목이 보일 때마다 그들은 담호에게 말을 달려가 소리쳤다.

"저곳은 어떨까요?"

"저 정도 마을이라면 제법 괜찮은 계집들이 있을 것 같은데요?"

그때마다 화군악은 고개를 저었다.

"해가 지려면 아직 한참 남았습니다."

강호오괴는 시무룩한 표정을 지었지만 또 언제 그랬냐는 듯이 화군악들보다 훨씬 앞장서서 말을 달렸다. 그리고 강호오괴 덕분에 화군악과 담호들은 그나마 여행길이 덜 심심할 수 있었다.

그날 늦은 오후, 결국 마땅한 마을을 찾지 못하고 또다시 야숙하게 된 강호오괴의 입이 댓 발이나 튀어나왔다.

화군악은 애써 웃음을 감추며 그들을 달랬다.

"원래 미녀는 뒤늦게 나타나는 법입니다. 아무리 급하다고 허리가 이만하고, 얼굴은 요렇게 생긴 늙은 하녀와 잠자리를 가질 수는 없잖습니까? 그렇게 화를 내는 것보다는 내일을 기대하는 게 훨씬 낫지 않겠습니까?"

강호오괴는 또다시 화군악의 언변에 넘어가 금세 희희낙락했다.

"확실히 참고 참다가 싸는 오줌발이 시원하기는 하니까."

"암, 적당히 배고플 때 먹는 우육면과 진짜 배고플 때 먹는 우육면은 확실히 맛이 다르지."

강호오괴는 그렇게 떠들며 잠자리에 누웠다. 별이 유난히도 밝은 밤이었다.

하지만 강호오괴의 유쾌함은 그리 오래가지 못하였다. 곡양현의 마을만큼 큰 마을을 찾지 못한 채 하루가 지나고, 다시 하루가 지나면서 강호오괴는 금방이라도 폭발할 것 같은 폭탄이 되었다.

그 말 많던 강호오괴 중 단 한 명도 입을 열지 않고 침묵하는 것이, 누군가 곁에서 쿡, 하고 누르면 바로 그 자리에서 발작을 일으킬 것 같은 상황이었다.

결국 화군악이 나서서 말했다.

"죽이 되든 밥이 되든 오늘 밤입니다. 오늘 밤 들른 마을에서 반드시 어르신들을 기루로 보내 드리겠습니다. 정 없으면 유곽이라도, 유곽도 없으면 제가 직접 손으로……."

"에잇! 무슨 그런 더러운 소리를!"

"아니, 아무리 우리가 굶었다고 해도 어찌 주인 나리의 손을 빌리겠소? 차라리 내가 직접 하면 했지 말이오."

"됐습니다. 어쨌든 약속하셨으니 오늘은 반드시 지켜주십쇼!"

강호오괴는 언제 폭발할 것 같았느냐는 것처럼 다시 수다를 떨었다.

곁에서 지켜보던 담호와 소자양은 안도의 한숨을 내쉬었다. 그러고는 오늘 밤 반드시 화려하고 커다란 기루가 있는 마을에 들를 수 있기를 기도했다.

하지만 결국 그날 밤도 화군악 일행은 제법 큰 마을을 찾지 못했다.

* * *

"설마 또 야숙은 아니겠죠?"

담호가 눈치를 살피며 물었다.

"만약 진짜 야숙하게 된다면 오괴 할아버지들이 가만

히 있지 않을 것 같은데요."

날은 어둑어둑해지고 관도에는 사람의 행적이 끊겼다. 오로지 담호 일행을 태운 말발굽 소리만이 호젓하게 울려 퍼지고 있었다.

"뭐 어쩌겠느냐? 그렇다고 없던 마을이 나오는 것도 아니고, 정 뭐하면 내가 직접 손으로……."

화군악의 말에 담호의 얼굴이 붉어졌다.

아무리 담호가 묘화와 하룻밤을 보냈다고 해도, 음양쌍괴를 비롯한 수백 명와 질펀하게 놀았던 화군악의 입담까진 감히 따라잡을 수가 없었다.

'정말이지, 화 숙부의 농담은 쉽게 상대할 수가 없단 말이지.'

담호는 그렇게 생각하며 흘낏 뒤돌아보았다. 천천히 말을 타고 뒤따라오는 강호오괴의 분위기가 심상치 않았다. 그들의 전신에서 뿜어져 나오는 무형의 압박감은 주변 모든 것들을 긴장하게 만들고 있었다.

'이러다가 진짜 화 숙부께서…….'

담호가 그런 엉뚱한 생각을 할 때였다.

"음?"

정면을 주시하며 말을 몰던 화군악의 입에서 묘한 소리가 흘러나왔다.

담호도 황급히 화군악의 시선을 따라 고개를 돌렸다.

한밤중의 여인들 〈267〉

저 관도 앞쪽, 어둑어둑해져서 제대로 주변 사물이 보이지 않는 그곳에 불빛 하나가 마치 도깨비불처럼 일렁이고 있었다.

"도깨비불은 아니고…… 그렇다면 사람이 분명한데."

화군악은 중얼거리며 더욱 천천히 말을 몰았다.

인적이 끊긴 관도에서 우연히 마주치는 사람은 도깨비보다 무섭고 귀신보다 두려운 존재였다.

미리 함정을 파 놓고 기다리는 암살자일지, 아니면 누군가의 복수를 위해 길을 가로막고 있는 무인일지 어찌 알 수 있겠는가.

말발굽 소리가 천천히 들리는 가운데, 불빛과 화군악 일행의 거리는 점점 좁혀졌다.

화군악이 가늘게 눈을 떴다. 커다랗고 희끄무레한 무언가가 넘어져 있는 가운데 대여섯 개의 기척이 그곳에 모여서 뭔가 이야기를 나누고 있었다.

화군악이 막 천조감응진력을 끌어올려 그들의 대화를 엿듣고자 하는 순간, 그의 뒤에서 말을 몰던 강호오괴가 갑자기 크게 소리쳤다.

"계집이다! 계집들이다!"

"아이쿠! 하늘이 우리의 기도를 들어주셨구나! 이렇게 사람 없는 길에 느닷없이 계집들이 나타난 걸 보면 말이지!"

화군악은 눈살을 찌푸리며 그들을 나무랐다.
"좀 조용히 하세요. 놀라서 도망칠라."
하지만 강호오괴는 막무가내였다.
"도망치면 따라잡으면 되지 않겠습니까?"
"원래 계집과 하는 술래잡기가 재미있는 법이라오."
화군악의 얼굴이 더욱 구겨질 때, 관도 앞쪽에서 날카로운 목소리가 쏟아졌다.
"멈춰라!"
그것은 아무리 많아도 서른은 안 된, 젊은 여인의 날카로운 경계심이 가득 찬 목소리였다.
"네놈들은 누구냐!"
여인의 고함에 화군악은 한숨을 쉬며 입을 열었다.
"지나가는 과객이오만."
여인이 코웃음을 쳤다.
"흥! 지나가는 과객이 우리를 보고 계집이니 뭐니 하며 기뻐할까? 네놈들은 분명 강도나 도적이 틀림없으렷다!"
어느덧 날이 어두워져서 주변 사물이 전혀 보이지 않는 관도 한복판에서 여인의 목소리가 날카롭게 울려 퍼졌다.
'하여튼 말썽꾸러기들이라니까.'
화군악은 강호오괴를 탓하면서 다시 입을 열었다.
"그저 지나가는 과객이라니까. 그나저나 그 마차, 괜찮은 거요?"

여인의 움찔하는 기색이 느껴졌다.

"마차가 보이는 건가?"

주변은 깜깜해져 있었고, 마침 이날은 먹장구름이 잔뜩 내려앉아서 별빛 한 점 보이지 않았다.

그런 상황에서 약 이십여 장 떨어져 있는 마차를 볼 수 있다니, 여인의 입장에서 보자면 즉 저 사내는 실로 만만치 않은 무위를 지닌 강도인 것이었다. 당연히 그녀가 더 긴장하고 경계할 수밖에 없었다.

3. 사해(四海)는 동료

화군악은 계속해서 말을 이었다.

"바퀴가 부러진 것 같은데…… 따로 챙겨 온 바퀴가 없는 것이오?"

"흥! 네놈이 신경 쓸 것 없다! 도적이라면 덤비고, 과객이라면 얼른 지나쳐 가라!"

조금 전과는 달리 사뭇 목소리가 떨리는 고함이었다.

"좋소. 그러면 그냥 지나가겠소."

화군악은 어깨를 으쓱이며 말했다.

"아, 관도 저쪽으로 말을 몰 터이니 괜한 시비 같은 거

서로 걸지 않기로 합시다."

 화군악은 자신의 말을 관도 끝자락으로 붙여서 천천히 몰았다. 담호와 소자양도 그 뒤를 따라 일렬로 말을 몰았다.

 말발굽 소리가 규칙적으로 들릴 때, 누군가가 혀를 차는 소리가 그 사이로 크게 들려왔다.

"쳇!"

강호오괴였다.

"에이, 진짜 우리를 위해서 하늘이 내려 준 선물인데 말이지."

"숫자도 얼추 비슷한 것 같은데 말이야."

"이렇게 좋은 기회를 외면해야 하는 거야, 진짜?"

 그들은 마치 화군악더러 들으라는 듯이 투덜거렸다. 마차 쪽에 있는 기척들이 더욱 긴장하는 것 같았다.

 점점 거리는 좁혀졌다. 여인이 들고 있던 횃불 덕택에 서로의 얼굴과 처한 상황을 한눈에 볼 수 있을 정도로 가까워졌다.

 제법 커다란 사두마차(四頭馬車)였다. 바퀴가 부러지면서 옆으로 나뒹군 모양인지 마차는 관도 밖으로 쓰러져 있었다.

 또 마차가 나뒹굴면서 말들도 충격을 받은 듯 이미 두 마리의 말은 숨을 쉬지 않고 있었으며, 나머지 두 마리의 말 역시 적잖은 부상을 입은 모양이었다.

"쳇."

화군악이 투덜거리며 말을 멈춰 세웠다.

동시에 횃불을 든 여인, 그리고 마차 주변을 호위하듯 경계하고 있던 네 여인은 마치 화군악이 말을 멈출 걸 예측했다는 듯이 일제히 검을 쥔 채 자세를 낮췄다.

그야말로 일촉즉발(一觸卽發)의 상황!

그때였다. 후미에 있던 만해거사가 천천히 앞으로 말을 몰아 나오며 입을 열었다.

"아무래도 마차 안에 계신 분이 적잖은 부상을 당하신 모양이구려."

여인들이 움찔거렸다.

"그걸 어찌 아느냐?"

만해거사는 미미하게 웃으며 말했다.

"마침 바람이 그쪽에서 이쪽으로 불어서 말이오. 부상을 치료하느라 쓴 약들의 냄새를 맡을 수 있었다오."

"헛소리!"

일순 횃불을 든 여인이 악을 쓰듯 소리쳤다.

"약 냄새가 어디 난단 말이냐? 설령 약 냄새가 난다고 치더라도 그걸 가지고 큰 부상이니 뭐니 알아낼 리 만무하지 않느냐?"

만해거사는 문득 팔짱을 끼고는 코를 씰룩이며 천천히 말했다.

"감초에 옥미수(玉米鬚), 당귀, 천궁, 쑥, 앵속, 거기에 열두 가지 한약 냄새가 더 섞여 있는 걸 보니 아무래도 피를 멈추게 하는 지혈제와 상처 부위가 덧나지 않도록 발라 놓은 흡정고(吸精膏), 거기에 통증을 가라앉히기 위한 마비산(痲痹散)까지 사용한 모양이구려."

만해거사의 말에 여인들의 입이 떡 벌어졌다. 도저히 믿을 수가 없는 일이었지만 확실히 그녀들이 사용한 세 가지 약이 바로 그것들이었다.

"그, 그걸 어떻게……."

횃불 든 여인이 더듬거리며 말하자 만해거사 대신 화군악이 나서서 대답했다.

"그야 당연하지 않겠소? 저분의 의술 실력은 천하에서 첫째가니까."

만해거사가 소탈하게 웃었다.

"허허허. 아무리 그래도 첫째는 과하고…… 뭐, 최소한 다섯 손가락 안에는 들겠구나."

여인들의 눈이 더욱 휘둥그레졌다. 천하에서 최소한 다섯 손가락 안에 드는 의생을 데리고 다니는 강도들이라니.

여인들은 빠르게 서로의 눈빛을 교환했다.

비록 강도들이라고는 하지만 그래도 어쨌든 놈들에게는 한약 냄새만으로 약명(藥名)과 약효(藥效)를 알아낼 정도의 실력을 지닌 의생이 있었다. 그리고 이쪽에는 그 정도 실력을 지닌 의생이 필요했다.

횃불 든 여인이 조금은 누그러진 목소리로 말했다.

"우리 부탁을 들어준다면 가진 돈은 모두 줄 수 있다!"

화군악이 대답하려 할 때 강호오괴가 투덜거렸다.

"돈 대신 다른 걸 주면 되는데."

"돈은 우리도 많다고. 계집이 없어서 탈이지."

"아, 좀!"

화군악이 홱 뒤돌아보며 짜증을 부렸다. 평소 같았더라면 강호오괴는 이내 자라목이 된 채 시선을 외면했을 텐데, 아무래도 요 며칠 쌓인 불만이 너무 큰 모양이었다.

"아, 좀! 은 무슨. 우리가 아, 좀! 해야 할 것 같은데 말이지."

"그러니까 말이야. 도대체 어젯밤 뭐라고 했더라? 오늘은 반드시, 무슨 일이 있더라도 계집을 품게 해 준다고 하지 않았던가? 사나이 약속은 어쩌고저쩌고하면서 심지어 약속을 지키지 못하면 제 손으로 우리 양물(陽物)을······."

"그만들 좀 하죠!"

화군악은 살짝 얼굴을 붉힌 채 소리쳤다.

천하의 화군악이라 하더라도 이십 대 초중반의, 그것도 다들 상당한 수준의 미모를 지닌 여인들 앞에서 그렇게 난잡한 대화를 주고받는 게 영 거슬렸던 것이었다.

"지금부터 한 마디만 더하면 두 번 다시 내 얼굴을 보지 못하게 될 겁니다."

 강호오괴를 둘러보며 매섭게 말하는 화군악의 얼굴은 한없이 차갑게 가라앉았다.

 진심으로 화가 난 그의 표정을 본 강호오괴는 그제야 입을 다물고 고개를 외면했다. 하지만 여전히 그들의 얼굴에는 불만과 불평의 기색이 역력했다.

 '정말이지, 이러다가는 제 명에 못 죽겠다.'

 화군악은 내심 크게 한숨을 쉬고는 다시 여인들을 돌아보았다.

 이때 여인들은 하나같이 창백하게 굳은 얼굴이었으며, 특히 화군악을 바라보는 그녀들의 표정은 마치 흉측하고 더러운 변태를 보는 것만 같았다.

 화군악은 애써 웃는 낯으로 말했다.

 "내 하인들이 말하기는 했지만 확실히 돈은 필요 없소. 그저 선의로 그쪽 환자를 봐 드릴 수 있소이다. 또한 마차 바퀴도 고쳐 드리고 말이오."

 횃불 든 여인이 싸늘한 시선으로 화군악을 노려보다가 떨리는 목소리로 물었다. 왠지 모르게 말투도 달라져 있었다.

 "대신 우리 몸이 필요하다 이건가요?"

 "아니오. 절대 아니오. 그저 선의로 해 드리겠다는 것이오."

"믿을 수 없어요. 무엇보다 선의 운운하면서 다가오는 자야말로 가장 음흉하고 악랄한 흉성(凶性)을 지녔으니까요."

"뭐 싫다면 그만두시오. 우리는 갈 길 가면 되니까."

"멈춰라!"

횃불 든 여인이 다시 소리쳤다. 막 말의 고삐를 잡아채려던 화군악이 그녀를 돌아보며 물었다.

"가라고 할 때는 언제이고 왜 또 멈추라는 것이오?"

여인은 잘강잘강 입술을 깨물다가 소리쳤다.

"좋아요! 원하는 게 뭔지 이야기하세요!"

강호오괴가 아주 조그맣게 중얼거렸다.

"네년들의 몸."

화군악은 눈살을 찌푸리며 말했다.

"아무것도 없소. 그저 길을 가다가 우연히 곤란에 처한 사람을 만났을 뿐이고, 그래서 도와주려 하는 것이오. 혹시 모르잖소? 우리도 언젠가 곤란에 처해 있을 때 당신들이 도와주게 될지 말이오."

화군악은 이내 미소를 지으며 말을 이었다.

"원래 사해(四海)는 동료라 하지 않았소?"

일순 여인들의 얼굴이 묘하게 굳었다. 소자양이 답답하다는 듯이 화군악을 향해 소곤거렸다.

"집을 나서면 사해가 친구, 라는 말입니다."

화군악은 이내 머쓱한 표정을 지으며 말을 고쳤다.

"아, 집을 나서면 사해가 친구. 이해해 주시구려. 원래 배운 게 짧아서 어려운 말을 잘 모른다오."

화군악의 말이 솔직하고 소탈하게 느껴졌을까. 지금껏 단 한 번도 긴장과 경계의 빛을 늦추지 않던 여인들의 얼굴에 그제야 비로소 미소가 스며들었다.

"좋아요."

횃불 든 여인이 고개를 끄덕이며 말했다.

"그렇게까지 말씀하시니 그 지나가던 과객의 선의를 정중하게 받아들이기로 하죠. 아니, 잘 부탁드리겠습니다."

여인이 그렇게 말하며 고개를 숙이자 다른 여인들도 함께 고개를 숙였다. 강호오괴가 투덜거리는 목소리가 희미하게 들리는 것 같았다.

화군악은 개의치 않고 만해거사와 더불어 말에서 내렸다. 그리고 여인들 사이를 지나쳐 마차로 향했다.

화군악이 옆으로 나뒹군 마차로 다가가 문을 여는 순간, 안에서 칼 한 자루가 날카롭게 뻗어 나와 그의 목을 노리고 파고들었다.

"멈추세요!"

화군악이 움찔하기도 전에 횃불 든 여인이 소리쳤다.

"우리 대화를 들으셨잖습니까!"

마차 안, 칼을 쥔 자가 나직하게 대꾸했다.
"그저 경고였네. 허튼짓하지 말라는."
 중년 여인의 서늘한 목소리와 함께, 화군악의 목젖에 와닿았던 칼날이 다시 마차 안으로 사라졌다.
 화군악의 눈빛이 서늘하게 빛났다.

10장.
그녀는 누굴까요?

약왕문(藥王門)이 전설로 사라지고
신수제일의선가(神手第一醫仙家)가 그 명맥이 끊어진 후로,
천하에는 수백 수천의 의가들이 중구난방 그 이름을 알렸다.
하지만 그 어떤 의가도
저 약왕문이나 신수제일의선가에 비견할 정도의 실력을 선보이지 못했다.

그녀는 누굴까요?

1. 용화도(龍華刀)

옆으로 나뒹군 마차 안에는 한 명의 환자와 한 명의 중년 여인이 있었다.

환자는 절대적인 안정을 취해야 할 정도의 부상, 혹은 중상을 입은 듯 단가(担架:들것)에 꽁꽁 묶여 있었고, 중년 여인은 마차가 나뒹구는 와중에도 환자의 들것이 뒤집히거나 요동치지 않도록 발과 손을 이용하여 마차 맞은편 문 쪽에 단단하게 고정해 두었다.

마차의 문을 열고 그 안을 내려다보던 화군악이 고개를 갸웃거리며 물었다.

"그렇게 불안정한 자세로 있느니, 차라리 마차 밖으로

이동하는 게 낫지 않겠습니까? 여협이나 환자 모두 말입니다."

중년 여인은 아직도 칼을 빼 든 상태로 화군악을 노려보며 말했다.

"괜히 마차 밖으로 끌어 올리려다가 상처가 덧나거나 아직 아물지 못한 뼈가 다시 부러지면 어찌하겠느냐?"

"허어, 왜 꼭 굳이 이쪽 문으로만 끌어 올리려 하십니까?"

화군악은 답답하다는 표정을 지으며 말을 이었다.

"한쪽으로 비켜나 주십시오. 그러니까 흐음, 마차 천장 쪽에 새로 문을 낼 테니까요."

그렇게 말한 화군악은 마차의 문을 닫고 몇 걸음 뒤로 물러났다.

마차는 옆으로 나동그라진 상태였다. 즉, 한쪽 문이 지면에 닿아 있었고, 마차의 천장과 바닥이 문을 대신하여 세로로 우뚝 서 있는 상황이었다.

화군악은 마차 천장과의 간격을 잰 다음 가볍게 군혼을 휘둘렀다.

일순 천장을 구성하는 두껍고 단단한 목재가 두부처럼 쓰윽 사각형으로 잘려 나갔다.

마차 밖에서 지켜보고 있던 여인들의 눈이 휘둥그레진 가운데, 화군악은 군혼을 거둔 후 사각형으로 잘린 목재를 잡아당겼다.

이내 사람이 드나들 수 있는 조그만 공간이 드러났다. 그 안으로 들것에 꽁꽁 묶인 채 드러누워 있는 환자와 중년 여인의 아랫도리가 보였다.

화군악은 어깨를 으쓱하며 말했다.

"이제 단가를 밖으로 빼내면 되겠습니다."

중년 여인이 안에서, 그리고 젊은 여인들이 밖에서 조심스레 들것을 마차 밖으로 빼냈다. 화군악은 그제야 비로소 들것에 누워 있는 환자의 얼굴을 확인할 수 있었다.

'오오······.'

환자를 내려다보던 화군악의 눈이 커졌다. 절로 목젖이 꿈틀거리고 있었다.

사실 그는 지금껏 수많은 미녀를 보았다. 그의 사부인 야래향이야 더 말할 것이 없는 미녀였으며, 아내인 정소흔도 쉽게 찾아볼 수 없는 미인이었다.

또한 형제들의 아내들과 십삼매나 소홍 역시 이른바 나라를 망치게 만든다는 경국지색(傾國之色)의 미모를 지닌 여인들이었다.

하지만 화군악이 보아 왔던 수많은 미녀 중에서 지금 자신의 발아래 들것에 누워 있는 이 젊은 여인보다 아름다운 여인은 단 한 명도 없었다.

꼭 감은 속눈썹이 파르르 떨리며 찡그린 그녀의 얼굴

에 화군악의 말문이 막히고, 강호오괴가 숨조차 쉬지 못하는 건 마치 서시(西施)의 얼굴을 본 물고기가 헤엄치는 걸 잊고 가라앉는, 침어(沈魚)와 같았다.

또한 날갯짓하는 걸 까먹은 기러기들이 떨어지는 왕소군(王昭君)의 낙안(落雁)과도 같았다.

그리고 그녀의 얼굴을 본 달이 먹장구름 속으로 숨어든 건 초선(貂蟬)의 폐월(閉月)과도 같았으며, 그녀의 얼굴을 본 꽃이 부끄러워 잎을 말아 올리는 양옥환(楊玉環), 양귀비의 수화(羞花)의 미모와도 같았다.

그 아름다움에 놀라서 말을 잃고 사고가 정지된 건 소자양과 담호도 마찬가지였다.

그녀에 비하자면 며칠 전 함께 잠자리를 가졌던 기녀들은 차라리 추악하다고 할 수 있었다. 특히 지금 담호는 그렇게 예쁘고 깜찍하고 귀엽던 소홍과 초목아마저도 너무나 평범한 용모로 느껴지고 있었다.

하늘의 선녀가 땅에 내려온다면 바로 저 모습일 테고, 항아(姮娥)가 다시 현신한다면 바로 저 얼굴이리라.

"치료가 가능하겠어요?"

횃불을 든 여인의 질문에 화군악을 비롯한 모든 사내들이 퍼뜩 제정신을 차렸다.

'홀린다는 게 이런 경우일까?'

담호는 제정신을 차리려는 듯 고개를 휘휘 내저었다.

동시에 저도 모르게 들것의 여인과 비교했던 소홍과 초목아에게 미안한 마음이 들었다.

"허험."

마침 화군악이 애꿎은 헛기침을 하면서 입을 열었다.

"어떻습니까, 만해 사부?"

화군악은 만해거사에게 질문하면서도 여전히 그녀에게서 눈을 떼지 못하고 있었다.

"글쎄."

만해거사는 잠시 들것의 여인을 내려다보다가 중년 여인을 돌아보며 입을 열었다.

"내가 단가 가까이 가서 진찰해도 되겠소?"

들것을 따라 마차 밖으로 나온 후로도 여전히 칼자루를 쥔 채 들것 옆에 서 있던 중년 여인은 살짝 망설이는 표정을 지었다.

횃불 든 여인이 나지막하게 한숨을 쉬며 입을 열었다.

"아무리 아가씨의 호위가 중요하다지만, 그래도 의생이 아가씨 가까이 가지 못하면 애당초 치료를 할 수가 없잖아요, 백고(白姑)?"

백고라고 불린 중년 여인은 잠시 생각하다가 고개를 끄덕이며 입을 열었다.

"조금이라도 허튼짓을 하려 든다면 이 용화도(龍華刀)가 가만히 있지 않을 것이오."

그녀는 누굴까요? 〈285〉

그녀의 경고는 매서웠다.

그래서였을까. 만해거사가 살짝 멈칫거렸다. 동시에 화군악의 눈빛이 예리하게 빛났다.

만해거사는 언제 머뭇거렸냐는 듯 허허 웃으며 입을 열었다.

"의생이 환자에게 허튼짓을 할 이유가 어디 있겠소?"

만해거사는 그렇게 말하며 들것에 다가갔다. 백고의 살기가 짙어졌고 용화도를 쥔 손에 힘이 실렸다.

만해거사는 전혀 신경 쓰지 않은 채 무릎을 꿇은 다음, 아가씨라 불린 여인의 안색을 가만히 들여다보았다.

핏기 한 점 없는 창백한 얼굴이었다. 게다가 그녀는 이런 사달이 있음에도 불구하고 깨어날 수 없을 정도의 깊은 혼수상태에 빠져 있었다.

아무래도 상당히 중한 내상을 입은 모양이었다.

하지만 그녀는 들것에 꽁꽁 묶인 상태였다. 맥을 짚을 수도, 몸 상태를 확인할 방법도 없었다.

만해거사는 살짝 난처한 표정을 지으며 고개를 들었다. 그는 백고가 아닌 횃불 든 여인을 쳐다보며 물었다.

"단가에 묶인 천을 잘라 내도 괜찮겠소?"

바로 곁에 있던 백고의 얼굴에 불쾌하다는 표정이 떠올랐지만 그녀는 아무 말도 하지 않았다.

횃불 든 여인이 고개를 끄덕이며 대답했다.

"조심해 주세요."

"물론이오."

만해거사는 등짐을 풀었다.

등짐 속에는 평소 그가 사용하던 여러 가지 약물과 약재, 그리고 침통과 가위 같은 의료 기구들이 있었다.

만해거사는 가위를 꺼내 들것과 여인을 하나로 묶은 천을 자르기 시작했다.

순간 백고의 살기가 더욱 짙어졌다.

만에 하나 가위가 아가씨의 몸에 닿기라도 한다면 여지없이 그 용화도라 불리는 칼을 휘둘러 만해거사의 목을 벨 심산이었다.

만해거사는 백고의 살기에도 아랑곳하지 않은 채 들것의 천을 모두 잘라 냈다.

그리고 이윽고 새하얀 천에 꽁꽁 묶여 있던 여인의 신체가 드디어 모습을 드러냈다.

꿀꺽.

누군가 침을 삼키는 소리가 이 고요하고 한적한 한밤중의 관도 위로 희미하게 울려 퍼졌다.

동시에 백고가 눈살을 찌푸리며 시선을 돌려 사내들을 둘러보았다.

그 날카롭고 살기 등등한 눈초리에 몇몇 늙은이들이 애꿎은 헛기침을 하면서 고개를 돌렸다. 그들이 바로 침 삼키는 소리를 냈던 범인들이었다.

"흥."

백고는 나지막하게 코웃음을 치고는 다시 만해거사에게로 시선을 돌렸다.

만해거사는 죽은 듯 누워 있는 여인의 전신을 가만히 내려다보았다.

아닌 게 아니라, 강호오괴가 절로 침을 꿀꺽 삼키는 게 당연할 정도로 그녀는 아직 어린 나이임에도 불구하고 눈이 번쩍 뜨일 정도의 매력적인 육체를 지니고 있었다.

눈[雪]처럼 새하얀 침의(寢衣) 밖으로 튀어나올 것같이 불룩한 젖가슴.

개미허리처럼 잘록한 허리, 펑퍼짐한 엉덩이를 지나 매끈하게 쭉 뻗은 다리와 한없이 가느다란 발목.

그리고 어지간한 사내의 손바닥 위에 들어올 것 같은 작고 하얀 발과 갓 태어난 아기처럼 분홍빛 선명한 발바닥까지.

2. 의생의 통고(通告)

백고는 그녀의 분홍빛 발바닥에 머무는 만해거사의 시선을 느끼고는 이내 쌍심지를 돋우며 천을 들어 올려 발과 종아리를 가렸다. 그러고는 한없이 서늘하고 살기 가득한 목소리로 말했다.

"상처 부위나 제대로 보시구려."

"발바닥에는 많은 혈(穴)이 있다오."

만해거사는 씁쓸한 표정을 지으며 대꾸했다.

"어디 그뿐이겠소? 거기에 비경, 간경, 위경, 담경, 신경, 방광경 등 중요한 신체 기관과 연결된 모든 경락이 있소. 그 혈과 경락의 상태를 확인하는 것으로 몸속 내부의 상황을 알 수 있단 말이오. 그런데 귀하께서 자꾸만 나를 일개 파렴치한으로 내몬다면…… 생각보다 치료가 더 어려워질 수가 있소이다."

"흥!"

백고가 코웃음을 치며 말했다.

"세상에서 다섯 손가락 안에 든다는 명의(名醫)께서 겨우 계집 발바닥을 봐야만 치료가 가능하다는 게 말이나 되는 일이오? 다른 의생들처럼 맥문을 짚고 상처 부위나 확인하시구려."

"허어. 지금까지 그래서 이 아가씨를 치료하지 못했던 게 아니오?"

만해거사가 항변했다.

"게다가 제대로 발바닥도 볼 수 없게 하면서 여태 이 아가씨를 담당했던 의생들과 똑같은 방법으로 치료해 달라고 하면, 결국 나 또한 그들과 같은 결론을 내릴 게 아니겠소?"

만해거사는 진지한 눈빛으로 백고를 올려다보며 말을 이었다.

"나는 의생이고, 이 아가씨는 환자요. 죽어 가는 환자를 살리기 위해서라면 어떤 짓이라도 할 수 있는 게 의생이란 말이오. 오로지 사람을 살리겠다는 마음뿐이거늘, 거기에 무슨 음탕한 생각이 깃들고 무슨 더러운 상상이 들겠소?"

만해거사의 반론에 백고는 반응하지 못했다. 확실히 그의 이야기에 일리가 있었다. 지금 그가 말한 건 사람을 구하고 살리는 의생의 본분이자, 마음가짐이며 긍지였다.

그때 횃불을 든 여인이 고개를 끄덕이며 말했다.

"좋아요. 당신 마음대로 하세요. 하지만 그렇게까지 하고서도 다른 의생들과 다를 바가 없다면 그때는 각오해 두셔야 할 거예요."

그때까지 가만히 지켜보고 있던 화군악의 얼굴이 딱딱하게 굳어졌다. 이 여인들의 오만함과 독선적인 행동에 그만 기가 질린 것이었다.

'차라리 그냥 떠날까?'

화군악이 그렇게 마음을 바꾸려던 찰나였다.

"흐음."

손을 뻗어 아가씨의 곱디고운 발바닥을 어루만지고 쓰다듬고 꾹꾹 눌러보던 만해거사가 저도 모르게 신음을 흘리며 중얼거렸다.

"아무래도 열흘을 넘기지 못할 것 같구려."

일순 백고를 비롯한 여인들의 안색이 새파랗게 질렸다.

* * *

지금까지 아가씨를 치료한 모든 의생이 저 늙은이와 똑같이 통고(通告)했다.

석 달 전에 진찰한 의생들은 그녀가 넉 달을 버티지 못할 것이라고 했고, 두 달 전에는 석 달을 버티지 못할 거라고 말했다. 그리고 한 달 전에는 겨우 두 달을 채 버티지 못할 것이라고 말했다.

그래서 부랴부랴 강호로 나선 길이었다. 최소한 두 달은 버틴다고 했으니 그동안 강호에서 제일 유명한 의가(醫家)를 찾아보려 한 것이었다.

하지만 그렇게 허송세월하던 그녀들은 결국 마지막 희망을 소림사에 걸었다.

"소림사에는 대환단을 비롯한 수많은 영약이 있으니까

요. 그건 다시 말해서 그 영약을 만들 정도로 뛰어난 실력을 지닌 약당(藥堂)이 있다는 뜻이고, 그 약당에는 아가씨를 구할 의생도 있을지 모르니까요."

횃불을 든 여인이 한숨을 쉬며 그간 경과에 관해서 짤막하게 설명했다.

약왕문(藥王門)이 전설로 사라지고 신수제일의선가(神手第一醫仙家)가 그 명맥이 끊어진 후로, 천하에는 수백수천의 의가들이 중구난방 그 이름을 알렸다.

하지만 그 어떤 의가도 저 약왕문이나 신수제일의선가에 비견할 정도의 실력을 선보이지 못했다.

어쩌면 당연한 일이었다.

천하에 존재하는 대부분의 의가는 결국 신수제일의선가, 혹은 신수의가(神手醫家)라고 불리는 의가의 방계(傍系)였으니, 결국 정통의 맥이 끊어진 이상 방계의 실력이 그보다 뛰어날 리가 없었다.

이런 상황에서 마지막 희망으로 소림사를 떠올렸다는 건 확실히 그리 나쁘지 않은 선택이라 할 수 있었다.

하지만 그 설명을 들은 만해거사는 고개를 저었다.

"소림사의 약당은 약재를 혼합하고 제조하는 쪽으로 실력이 뛰어나지, 의술 실력은 그리 대단할 게 없소."

어느덧 아가씨의 발바닥에서 손을 뗀 만해거사는 그녀의 맥문을 짚고 있었다. 그리고 나서도 만해거사는 계속해서 아가씨의 몸 곳곳을 만지며 이야기를 이어 나갔다.
지켜보던 백고의 눈빛이 점점 더 표독스러워졌다.

"아무래도 당금 최고의 의술 실력을 지닌 건 화평장이라는 곳과 오대가문 중 금해가, 이 두 곳일 것이오. 어쨌든 그 두 곳에 천하에서 다섯 손가락 안에 드는 의생이 최소한 세 명 이상 있으니 말이오."

횃불을 든 여인이 문득 호기심에 가득 찬 눈빛으로 만해거사를 내려다보며 물었다.

"금해가라면 들은 적이 있어요. 하지만 화평장이라는 곳은 금시초문이네요. 그렇게 뛰어난 의생을 지니고 있다면 왜 아직도 그 이름이 알려지지 않은 거죠?"

"허허. 그건 노부도 잘 모르겠구려."

만해거사는 그렇게 웃으며 그제야 처음으로 아가씨의 복부를 동여맨 붕대에 손을 댔다. 붕대에는 핏자국이 선명하게 배인 것이, 바로 이 아가씨가 혼수상태가 된 시작점이 분명해 보였다.

만해거사가 붕대를 풀자 그녀의 새하얀 살결이 천천히 드러났다.

그 순간 백고가 몸을 돌려 화군악 등 다른 사내들을 쏘아보며 말했다.

"귀하들은 치료와 하등 상관이 없으니 저만치 물러가 있도록 하시게!"

일리가 있는 말이었지만 화군악은 반항했다.

"다른 사람들은 물러나도 상관이 없지만, 적어도 나만큼은 만해 사부의 안전을 위해서라도 이 자리에 남아 있어야겠습니다."

"뭔가? 우리가 이 늙은이를 죽이기라도 한단 말인가?"

"믿고 물러서 있기엔 부인의 살기가 너무 진하니까요."

"내 살기라고? 흥! 감히 내 살기를 운운할 정도의 실력을 지닌 겐가?"

고수의 살기일수록 하수는 눈치채기 어렵다. 즉, 고수의 살기를 눈치챘다는 건 그 자 역시 고수라는 뜻이 되는 셈이었다.

백고의 살기를 알아차렸다면 화군악이 최소한 그녀 정도의 고수라는 의미였으니, 그녀가 '감히'라는 표현을 써가면서 이야기하는 게 어쩌면 당연한 일이었다.

'누가 감히라고 말해야 하는지 모르겠구나.'

화군악은 가만히 웃었다. 그게 백고의 신경을 건드린 모양이었다. 백고의 전신에서 무시할 수 없는 위압감이 서리서리 뿜어져 나왔다.

그때였다.

"백고, 제발."

횃불을 든 여인이 한숨을 쉬면서 말했다.

"그 위압감에 행여 아가씨의 상세가 더욱 심해지기라

도 하면 어쩌려고요?"

일순 백고의 위압감은 소리소문 없이 사라졌다.

화군악은 횃불을 든 여인을 돌아보았다. 아무래도 이 무리의 우두머리는 백고가 아니라 바로 저 여인인 듯했다.

이십 대 초중반의 미녀. 밖으로 흘러나오는 기세는 그리 강하지 않았으니 아무리 잘 쳐줘 봐야 일류급 고수, 그 이상은 절대 아니었다.

반면 백고라는 중년 여인은 강했다.

그녀는 최소한 상승의 경지에 오른 고수였다. 당경(堂境)은 확실히 벗어나서, 노경(老境) 혹은 문경(門境)의 경지에 올라 있다고 해도 될 것 같았다.

'도대체 이 여인들은 어느 문파의 사람들일까?'

화군악은 잠시 머리를 굴렸다.

횃불을 든 여인이 조금 전에 했던 이야기를 통해 몇 가지 사실을 유추할 수는 있었다.

아가씨가 두 달 이상 살지 못한다는 의생의 통고에 부랴부랴 강호로 나섰다고 했으니, 평소 강호와는 인연을 쌓지 않는 문파인 게 분명했다.

또한 삼척동자라고 해도 알 수 있는 금해가를 두고 '들어 본 적 있다'라고 한 것 역시 이들이 평소 강호의 사정에 무관심하거나 둔감하다는 사실을 말해 주었다.

게다가 아가씨를 비롯하여 호위 무사들 모두 여인인 걸로 보아 아마도 여인들로 이뤄진 문파이거나 최소한 사내의 수가 극히 적은 문파임이 확실했다.
　'거기에다가…….'
　화군악은 만해거사가 움찔했던 그 장면을 떠올렸다.
　그때 만해거사는 분명히 '용화도'라는 단어를 듣자마자 몸을 움찔거렸다. 즉, 만해거사는 용화도라는 도명(刀名)을 들어 본 적이 있거나 알고 있다는 의미였다.
　'만약 만해 사부가 이들의 신분을 알고 있다면…….'
　화군악은 아가씨의 아랫배를 쓰다듬듯 어루만지고 있는 만해거사를 내려다보며 속으로 중얼거렸다.
　'그럼에도 불구하고 치료를 계속하는 거라면, 확실히 우리에게 나쁘지는 않다는 뜻일 거야.'
　그래서였다. 화군악이 순순히 백고의 말에 따라 사람들을 관도 저편으로 물러나게 한 것은.

3. 여인들만의 문파(門派)

　"살다살다 저렇게 아름다운 계집은 처음 보네."
　"지금껏 본 여인 중에서 가장 아름답다고 생각했던 야래향보다도 세 배는 더 아름다운 것 같아."

"허어, 어디 그 늙은 계집이 비교라도 되겠는가?"

"무슨 소리? 지금이야 나이 든 노파일 게 분명하지만 그래도 정사대전 당시에는 정말 아름다웠다고. 나는 멀리서 그녀를 보자마자 사랑에 빠진 이후, 근 한 달 내내 그녀 생각을 하면서 용두질했다니까."

"정사대전 당시라면 울금향(鬱金香)도 야래향에 비해서 전혀 뒤지지 않는 미녀였는데 말이지."

"허튼소리! 울금향은 당시 천하 십대 미녀 축에도 끼지 못했거든?"

"어라, 자네는 그 십대 미녀 운운하는 걸 믿었나? 계집의 아름다움에 관해서 쥐뿔도 모르는 작자들이 뽑은 그걸 말이야?"

아가씨의 아름다움에 넋이 나가 이야기를 꺼냈던 강호오괴의 대화는 어느덧 엉뚱한 길로 이어져 '미녀란 무엇인가?'라는 근원적인 의문에 관한 토론이 되었다.

강호오괴와 약간 거리를 둔 채 모닥불을 지피던 소자양이 문득 한숨을 쉬며 몽롱한 표정을 지었다.

"마치 한바탕 꿈을 꾼 것 같아. 아직도 꿈속에 있는 것 같아. 세상에! 저렇게 아름다운 여인이 있을 줄이야."

소자양은 관도를 사이에 둔 채 주변을 밝히고 있는 모닥불 쪽에서 시선을 떼지 못한 채 중얼거렸다.

"저 아가씨라 불리는 여인에 비하자면 며칠 전 잠자리

를 가졌던 그녀는…… 우욱!"

 소자양은 말하다가 말고 저도 모르게 헛구역질을 했다. 새삼스레 그녀의 늙고 추한 알몸이 떠오르는 바람에 속이 뒤집힌 까닭이었다.

 담호는 묵묵히 나뭇가지를 쑤셔 넣으며 불길을 키우고 있었다. 물론 지금 그의 머릿속에도 아가씨라는 여인으로 가득 차 있었다.

 그에게 있어서 세상에서 가장 아름다운 여인은, 이미 세상을 떠난 그의 엄마 자하(紫霞)였다.

 자하는 모든 면에서 뛰어나고 완벽했다. 담호가 지금껏 만난 여인 중에서는 미모나 성품, 인격 등에서 그녀보다 뛰어난 여인을 보지 못했다.

 하지만 담호는 이제 처음으로, 적어도 하나 정도, 그러니까 최소한 미모 하나만큼은 자하보다 아름다운 여인을 만나게 된 것이었다.

 그녀는 이제 갓 스물 내외에 소홍과 비슷한 나이 또래였지만, 그 소홍을 어린아이처럼 느껴지게 만드는 미녀였다.

 '도대체……'
 "그녀는 누굴까요?"

 마음속 궁금증이 저도 모르게 담호의 입 밖으로 튀어나왔다.

"음?"

소자양이 그를 돌아보았다. 담호는 이내 어색한 표정을 지으며 말을 바꿨다.

"아무래도 이상하잖아요?"

"뭐가?"

"다들 무위가 적잖이 강해 보이는데 말하는 거나 행동하는 게 꼭 강호초출인 것 같거든요."

"흐음, 그랬나? 난 못 느꼈는데."

'그야 형님은 처음부터 끝까지 그녀만 바라보고 있었으니까요.'

담호는 그런 속내를 감추며 말했다.

"금해가를 들어 본 적 있다고 말하는 사람이 세상에 과연 몇이나 되겠어요?"

"응? 그런 말도 했나?"

"네."

"흐음. 그건 조금 이상하군. 강호에서 반백 년 이상의 세월을 은거하면서 지낸 우리도 금해가니 건곤가니 하는 오대가문의 이름은 너무나 많이 들었는데 말이지."

"그러니까요. 그야말로 백 년 이상의 세월을 심산유곡에 꽁꽁 틀어박혀 지냈거나, 아니면 어디 먼 바다 저편의 섬에서 살다가 육지로 들어선 것처럼 강호의 정세에 대해서 전혀 모르는 것 같아서요."

"뭐 그럴 수도 있겠지. 음? 어라? 잠깐만, 방금 먼바다 저편의 섬이라고 했어?"

소자양이 놀란 눈빛으로 담호를 돌아보았다. 그것은 소자양이 처음으로 아가씨가 있는 곳에서 시선을 뗀 순간이었다.

담호는 움찔거리며 고개를 끄덕였다.

"네. 어디 깊은 심산유곡이나 먼바다 저편의 섬에서 살다 온 게 아닐까 하고 말했어요."

"그렇구나. 그렇다면 그럴 수도 있겠구나."

소자양은 다시 관도 저편으로 시선을 돌리고는 의미를 알 수 없는 말을 중얼거리면서 고개를 끄덕였다.

"그렇다면 그럴 수 있다는 게 무슨 뜻인가요?"

담호는 영문을 모르겠다는 표정을 지으며 물었다. 하지만 소자양은 대답 대신 신중한 표정을 지으며 되물었다.

"혹시 강호 무림에 오로지 여인들로만 구성된 문파가 세 개 있다는 걸 알고 있어?"

담호는 과거 만해거사나 유 노대에게 들었던 무림에 관한 이야기들을 되새기며 입을 열었다.

"아미파와 신녀곡, 그리고 보타암, 이렇게 세 곳 아닌가요?"

"아니, 아미파는 아니지. 아미파의 여승(女僧) 중에서 고수들이 많이 배출되어서 그렇지, 남자 중들도 제법 있으니까."

"그런가요?"

"그래. 세상 사람들이 아미파가 여승들의 문파라고 오해하는 것도 사실 그런 이유에서야. 장문인도 여승, 장로들도 여승, 당주들도 여승, 이러니까 말이지."

"아, 미처 모르고 있었어요."

"그럴 수도 있지, 뭐. 그렇게 부끄러워하지 않아도 돼. 대부분의 사람이 오해하고 있는 부분이니까."

"그럼 아미파를 제외한 나머지 한 문파는 어딘가요?"

"그러니까 말이다."

소자양은 어깨를 으쓱거리며 말했다.

"물론 신녀곡이나 보타암도 강호 출입이 드물기는 하지만 그래도 이삼 년에 한 번씩 그 모습을 드러낸단 말이지. 반면 아직도 그 존재가 남아 있는지, 아니 애당초 실존은 했는지부터 의심스러운 문파가 있거든."

소자양은 관도 저편을 바라보며 중얼거렸다.

"어쩌면 그곳에서 온 여인들인지도 모르겠다."

그곳에서 온 것일지도 모르는 여인들, 그러니까 횃불을 든 여인과 백고를 비롯한 여인들은 만해거사와 화군악을 에워싼 채 여전히 한순간도 경계를 늦추지 않고 있었다.

(무림오적 63권에서 계속)

환상이 숨쉬는 공간 파피루스 blog.naver.com/gnpdl7

상현 신무협 장편소설

명왕회귀
明王回歸

바람처럼 전장을 휩쓰는 명왕(明王), 위지연
하지만 그에게 남은 것은 후회로 점철된 삶뿐
처절한 삶을 살아온 그에게 찾아온 기적

[네게 후회를 바로잡을 기회를 주마.]

눈을 뜨자 보이는 어린 시절의 손
아직 파괴되지 않은 단전
아직 멸망하지 않은 가문

'이번 생에서는 절대 후회하지 않겠어.'

더 이상 후회와 번뇌를 남기지 않기 위한
명왕의 행보에 천하가 진동한다!

환상이 숨쉬는 공간 파피루스 blog.naver.com/gnpdl7

『아카데미 학생회장으로 살아남는 법』

아카데미 최악의 개망나니 로엔 드발리스
이 빌어먹을 시한부 빌런의 몸에 빙의했다

[아카데미 유니온의 총학생회장직을 졸업까지 유지하십시오.]

역대급 악명을 쌓은 게임 속 캐릭터
모두가 자신이 없어서 포기한 직책
이권 다툼으로 치열하게 다투는 아카데미

단순하면서도 매우 어려운 클리어 조건

'……그렇다고 해도 못 할 건 아니지.'

비밀이 잠든 잠재력 풍부한 육체
고인물로서의 게임 지식과 경험

대륙 역사에 길이 남을 학생회장의 이야기가 시작된다!

아카데미 학생회장으로 살아남는 법

카카오닙스 판타지 장편소설

환상이 숨쉬는 공간 파피루스 blog.naver.com/gnpdl7

전 세계를 뒤흔들 초재벌의 신화!

「내가 제일 잘나가는 재벌이다」

촉망받던 화장품 연구원, 임준후
억울한 죽음을 겪고 나니
세상은 1960년 격동의 시대가 되어 있었다

'게다가 빙의한 몸은 부동산 갑부의 상속자라고?'

열정과 아이디어면 충분했던 그 시절
해야 할 일은 명확해졌다

"이제부터 전 세계의 화장품은 다 내가 만든다!"

낭만과 멋을 선도하는 개척자로서
한국을 넘어 세계가 열광하는
차준후의 위대한 도약이 지금 시작된다!

내가 제일 잘나가는 재벌이다

봉황송 현대판타지 장편소설